八合目を前に散る

大隈雄三

Ohkuma Yuzo

文芸社

目次

出会いの日まで

京都から乗ったひかりは、次第にスピードをあげて東京へひた走る。だが、胸の中はいつもより遅いように感じる。しかもほどよい暖房の車内は居心地がいいはずだが、なんとなく落ち着かない。一歩でも二歩でも早く悠起子のところに行きたいのだ。

車窓から眺める外は暗闇で、列車からこぼれる薄明かりとともに琵琶湖の近くを抜け、関ヶ原に差しかかると、雪が舞っていた。雪片が窓に張りつく。しばらくすると水玉になり、斜めになって流れ闇に消える。光雄は、窓にしがみつきしばらくすると水滴になりはかなく消えていく雪片を追いながら、座席に深々と体を沈め、暗闇を見つめていた。

季節は晩秋に入っていた。日によってはセーターが欲しくなるときもある。狭い路地は外灯の照らすうす暗い光しかなく、人の往来もまばらになってきていた。十時になろうとしていたが、見なれた定食・旭屋のガラス窓からは明かりが漏れていた。光雄はいつも遅くまで出ている暖簾を割って、外からガラス越しに店内をのぞく。青白い蛍光灯に照らされて、テーブル席に男女一組、カギの字形の奥のカウンターに女性客二人が額をくっつくように寄せ合って、何事か低い声で話し合っていた。夕方のいちばん忙しい時間帯はとっくに過ぎている。この時間はいつもすいているので、気がねしないで酒が飲めるだろうと、光雄は一週間ぶりに旭屋に足を運んだのだ。いつもなら旭屋で知り合った同じ歳の会田忠明が大きい声をあげて何か喋っているのだが、一足早く下宿に引き揚げたようだ。

光雄は一年半前まで市川市の真間山下に部屋を借りていた。自炊するわけではないから、毎日といっていいくらい朝晩の二回、ときには朝や晩だけのこともあるが、三年ばかりこの店で飯を食っていた。何事もなければ今日もここで飯を食っているはずであるが、君子と知り合ってからは光雄の生活環境が一変した。

しばらくは、通い妻ならぬ通い男の暮らしを続けていた。そのうち小岩に住んでいる君子のアパートに入り浸りの状態になった。光雄が下宿に戻るのは、部屋に変わったことが起きていないか手紙でもきていないかと、様子をみるためであった。部屋には、布団と座り机が帰宅しない主の留守番をしているだけである。三週間ほどそんな生活が続いた頃、市川に帰ろうとする光雄に君子が声をかけた。

「光ちゃん、あんたほとんど使っていない部屋にお金払っているのは無駄じゃないの。いっそここに越してきたら……」

光雄も考えないわけではなかったが、図々しいやり方だと思い、自分から切り出さなかったのだ。

そんな問答から渡りに船とばかりに、少しばかりの荷物を小型トラックに積み込んで、真間山下の部屋を引き揚げたのは、梅の花がちらほらほころびだした二月である。

光雄はまだ二十代だが、君子の前は、神田の旅館で仲居をしていた正江にのめりこんでいた。

正江は京都が本店の寿司屋の旦那の東京妻のような存在であった。旅館の仲居をやるより小料理屋でもやったらとの勧めで、京成の市川真間駅近くに小料理屋を開いた。その頃光雄は大学を出て三年くらい、真間山下に間借りして神田にある会社に通っていた。仕事がやっと身につきだした頃であった。終業の時間になれば真っすぐ市川に帰り、四、五日に一度、駅前のマーケットにあるバラックの赤提灯で安酒を飲むのが楽しみであった。そのうち、もう少し気のきいた飲み屋がないものかと歩き回っているうちに、市川真間駅に向かう小道に入った。道の両側は深い林が続き、大きな屋敷の長い板塀が続いている。

駅の近くに近づくと、美しい祝い花が飾ってある。店の中は賑わっていて、楽しそうな声が外まで流れ出てくる。のぞいてみたい誘惑が働いたが、この次にしようと、その日は酔いすぎていたのと懐が心細かったので、店の場所と名前を記憶に留めて、下宿に帰った。

一週間ほど過ぎた頃、残業がなかったので、五時を過ぎるとさっさと退社した。市川には六時前に着いたが、晩飯を食いに旭屋に行くのは早すぎる。気にかかっている千代もまだ開店前かもしれないが六時前なら暖簾を出しているだろうと考えた。気になっている店だから、とにかくのぞいてみたい。歩いて行けばけっこう時間がかかるので、着いた頃はちょうどいいころあいかもしれない、と千代に向かった。幸い、今日は臨時収入があって金の心配はない。胸の中でそんなやり取りをしているうちに千代に着いた。開店からそれほど日が経っていないのでお客は少ないだろうとみて、横引きの入り口のガラス戸を開けた。この店ではのむのにはまだ早いのか、お客は誰もいなかった。真間駅のすぐそばとはいえ、人通りは少ない。しかも千代は裏通りに面している。飲み屋としては条件が悪いんだなと思いながら、柱を中にしたエルの字型のカウンターに腰をおろす。中年の女性が二人、ぽつんとカウンターの中に座っていた。

「いらっしゃいませ」

二人が同時に立ち、声をかける。客席は光雄一人、なんとなく落ち着かない。こんなはずではなかったのだが、悪い時間にきた、と思った。光雄が店に入ると、先に立ち上がった女性が女将さんだろうと察して、光雄は彼女のほうに向かって日本酒と冷やっこを頼んだ。もう一人の女性も、小皿に付きだしを入れて光雄の前に置いた。入ってきた客が若いのでどう相手をしたらいいのか、戸惑っているように見て取れた。二人の女性がよく似ているので、手持ち無沙汰ついでに、光雄から「姉妹ですか」と声をかけた。すると、カウンターの奥の女性が、料理を整えながら言った。

「姉ですよ。私一人では手が足りないと困るから、お店が落ち着くまで手伝ってもらうことにしたんです」と言い、妹の女将が正江と名乗った。

二人を相手に話しているうちにお客が一人、二人と入ってきて、にわかに酒場の雰囲気が店内を包み始めた。いつもなら銚子二本で座を立つのだが、客が来ないのでそろそろ引き揚げようと思ってもなんとなく腰を上げにくく、つい思っていたより長居した。

その日を境に、週に一、二回千代に顔を出すようになった。お客の中には軽トラックの運転手をしているという同年配くらいのお客もいて、長嶋茂雄や石原裕次郎などを話題に気分のいい酒を飲んだ。仕事の早仕舞いの日は、下宿には遠回りになるが千代に通う。雰囲気が光雄の好みに合うようで、いつの間にか常連客扱いになっていた。

一年近く過ぎた頃、原稿の締め切りが遅れ、その日の仕事が終わったのは十時近かった。駅に着き、食事をどうしようかと考えた。今から旭屋に行っても定食屋が本業だから暖簾はもうしまっているだろう、千代ならやっているかもしれない、と足を向けた。予想したとおり近くまで行くと、入り口のすりガラスの格子戸から明かりが漏れていた。中は誰もいないように静かである。入り口の戸を開けて中をよく見ると、カウンターの柱の陰に職人風の年寄りが一人いた。ブツブツ何か言っている。店はガラ空きで閉店してもおかしくない時間だから、背中を向けて炊事場で食器洗いをしている正江に、光雄は声をかけた。

「もう時間ですか」

「あら、光ちゃん。今日は遅いのね、すぐ手が空くから適当に座っていて」

すると、先客の年寄りは光雄のほうを見ながら酒に酔った濁った声で、

「女将、俺にもう一本酒くれ」

と言い、腹巻から財布を出して、カウンターの上にこれ見よがしにくしゃくしゃの千円札を、一枚一枚並べだした。

「お酒はもうダメ、悪酔いしてるわ」

正江の声が聞こえたのかどうかわからないが、光雄は柱の陰からカウンターに並んだ千円札を見ると、五、六枚あった。それを見たとたん、光雄に当てつけるようで無性に腹が立ってきた。

「どうだ、今晩俺と付き合ったらこれ全部お前にやるぞ」

男はそう言いながら、カウンターを叩く。柱の陰にいる光雄を無視しているのか、悪酔いで頭が変になっているのか、酷い醜態であった。女将も見かねたのか、じじいの前にきて千円札を集め腹巻に押し込んでやり、

「もう帰ってちょうだい」

肩を叩いた。相手にされないとわかると酔っ払いのじいさんは、

「今日は帰るが、この次は帰らんぞ」

と言い、ふらふらっと立ち上がり引き戸をガタガタいわせて出ていった。店が急に静かになった。

「光ちゃん、あのじいさん舞い戻ってくるとうるさいから、戸口に鍵かけてちょうだい。肴用意するから飲んでいて」

女将が気安く頼んできたので光雄は、言われたとおりに引き戸に鍵をかけた。変な緊張感から解放されたのか、正江は新しく燗《かん》をつけた銚子を持ってきて、光雄の盃にお酌をし、ついでに自分の盃にも継ぎ足した。空腹感もあって光雄は、正江がお酌してくれた酒がことのほかうまく、いつもより酔いが回るのが早かった。カウンターに酒のつまみになるものが何もないのに気がついた女将は、

「あら、つまみ何も出していなかったのね」

と立ち上がり「板場に残り物があったはず」と言いながら、煮物を盛りつけ始めた。

光雄は、社会人生活にも慣れてくると女に関心を持つようになった。仕事の仲間同士で酒を飲みながら、あけすけに女の話をし、光雄も経験者みたいに振る舞っていたが、酒はよく飲んでも実際は女遊びの経験はなかった。つまみの用意をしている色っぽい女将の腰のあたりを見ているうちに、以前から感じていたのだが欲情を抑えきれなくなってきた。酒のせいもあるが正江が特に色っぽく見えた。そっと靴を脱ぎ、カウンターを乗り越えて女将の背後に回り、ゆっくり抱きしめて徐々に力を入れた。それでも、本気になって情欲を満たすというより、どんな反応を示すか知りたいという好奇心のほうがまだ強かった。

「おれ、女将さんが好きなんだ」

耳元で囁きながら、光雄は正江の体を自分のほうに向けて、調理場の板敷の上にゆっくり押し倒し覆いかぶさった。女将はそれまで黙って光雄に体を任せていたが、唇を求め着物の裾を割って手を入れると、「待って」と言って自分から下着を取った。そこには光雄の知らない世界があった。なんとも言いようのない甘美な肉感と、男を待っている欲情があった。それが、光雄が女の体を抱いた初めてである。それからは正江と時間を合わせて、連れ込み宿や光雄の下宿を使い、毎日のように痴情の海に溺れた。

女将に男ができたようだと常連客の間で噂が流れた。初めのうちは、どんな男だろうと好奇心で話題にしていたが、そのうち客は一人去り二人来なくなって、店は行き詰まりだした。同時に噂は京都の寿司屋の旦那の耳にも入り、手切れになった。寿司屋の援助があったから千代はなんとかやっていけたが、それがなくなればたちまち行き詰まり、仕入れの金にも困るようになった。光雄は責任を感じたが、二十五や六のサラリーマンでは援助なんかできない。正江は借金に苦しみ姿を消した。正江とは三年足らずであったが、中年女との強烈な情痴にまみれた付き合いであった。

その日、いつものように千代に行くと、入り口に閉店の張り紙がしてあった。それを見たとき、光雄はなんとも言えないむなしさと苦しさ、責任に苦しんだが、それも日とともに薄れていった。ときどき正江の体を思い出し彼女と過ごした甘美な情欲の世界を思い出したが、それも薄れ、むしろ肩の荷が下りたような解放感を覚えるようになった。

光雄は、女の味を覚えるとともにそれが忘れられない。孤独と寂しさに耐え切れなくなって、旭屋で時間つぶしをするか、金があれば駅前の商店街で飲み屋をうろうろした。幸運はいつ舞い込んでくるかわからないもので、正江と別れた後しばらくして、親しくしている会社から声がかかり、社史の編纂《へんさん》発行を頼まれた。一週間に三日、月水金の夜でいいなら、と引き受けた。会社でもらっている給料と同じくらいアルバイト代をもらうことになった。懐が急に暖かくなったので、旭屋で知り合った友だちの会田に声をかけ、気のきいた店はないかと飲み歩いた。何軒かはしご酒をしているうちに、知り合ったのが君子であった。

歳を訊いたことはないが、正江より一、二歳年上のようだった。君子が働いている店に何回か通っているうちに、君子の体が欲しくなった。同時に女への情欲に火がついた。君子は客の好みがあるようで、酔っぱらってやってくるお客の席には座らない。店の女将も承知していて、君子が断る身振りをすると他の女をまわした。初めてその店に会田と二人で入ったとき、光雄の横に座ったのが君子であった。君子にもグラスをもらい「お酌しようか」と声をかけた。だが、「お酒は要らない」と言う。「そうか、好きなものを頼んだらいいよ」と言うと、コーラを注文した。それが縁になって君子と親しくなり、小岩に住んでいる君子の部屋まで送ることもあった。

そんな夜は、懐には金が余るほどあるので、気軽に市川から君子の部屋までタクシーで送る。そんなある日、君子を降ろし小岩駅に戻ろうとしたら、君子のほうから「少し休んでいったほうがいいよ。飲みすぎてるわ」と言うので、それを待っていたようにタクシーを降り、二階の彼女の部屋に入った。

後は酔いに任せて、水が流れるように中年女の熟れた肉体を引き寄せ、正江のときと同じく甘美な情痴の世界にのめりこんでいった。

それからは小岩に場所を変え、一緒に飲んだあとは君子の部屋に泊まるのが当たり前になった。

それもわずかな間で、君子の言葉をこれ幸いとばかりに、真間の下宿を引き払い小岩に移転したのだ。正江とは一緒に暮らしたことはなかったが、君子は朝から晩まで一緒である。一つ布団に二人で寝ていると、光雄の手はいつのまにか君子を求め情痴の世界に入っていく。そんな生活が一年近く続いているうちに、なにかと声をかけて親しくしている取引先の社長から、二百ページほどにまとめた商品カタログを作ってくれないかと依頼があった。社史編纂の仕事を抱えているので、月水金の夕方六時過ぎから火木土の夜九時過ぎまででよかったらお手伝いしてもいいです、週の三日間は飲んでいるだけだと引き受けた。日曜日を除いて、朝から晩まで仕事漬けになったのである。ゆっくり休むこともできないでやっていけるだろうかと心配したが、早く切り上げて帰れる日もあるので、心配したより順調に仕事は回った。

依頼された仕事は手を抜くわけにはいかないが、光雄についた担当者は慣れないから、疲れて、ときどき息抜きに早仕舞いして飲みに連れて行ってくれる。そんな日が一年も続くと、君子にも飽きがくる。一緒に暮らし始めた頃は、正江と別れた寂しさもあったので、君子の体が新鮮で、むさぼるようにして性欲を満たした。正江とは初めてのことであり飽きるということはなかったが、君子には正江の体で光雄も慣れている。しかも、一緒に暮らしていれば全てがマンネリ化して、感動が色あせてくる。そうなると、住み慣れた市川やそこで親しくなった友だちに会いたくて、早く手があくと日曜日を除いて夜も仕事をしているから、小岩を乗り越して市川に行き、旭屋で気楽な仲間と酒を飲むのだ。

アルバイト先の二社も担当者が気を遣い、早めに帰宅の時間を作ってくれるので、光雄は仕事が遅くなったふりをしてしばしば旭屋に顔を出していた。旭屋の夫婦はどういうわけか光雄が酒と女にうつつを抜かしているのを承知しているのに、行けば笑顔で迎えてくれる。そんなことも光雄の足を市川に向かわせる要因になっていたのかもしれない。

光雄は就職難の時代に大学を卒業したが、運よく本社が大阪にある二十人足らずの雑貨関係の業界紙に入社できた。東京は支社で社員が七人。社員は記事も営業の広告集めもなんでもやる。忙しそうだが仕事の大半は本社がやるので、手を抜こうと思えばいくらでも抜ける。大口のスポンサーと契約できれば営業手当は大きい。光雄の金回りが歳に似ずいいのも、営業手当からきているのだった。そこへ、二社から特別な仕事が入ったのだ。正江と付き合っている頃は、普通のサラリーマンよりも収入は良かったが、札びらを切るほどではなかった。社史編纂の仕事が舞い込んできたのは、正江が店を閉めどこかへ去ってからである。正江は運がなかったとしかいいようがない。それに比べ、同じ年頃の若者の三倍以上も収入があったのを、君子は光雄からそっくり渡されていた。

そんな暮らしにもなれると、君子に飽きた光雄は真っすぐ君子のもとに帰る気が起きなくなった。どこかに寄って時間つぶしをして帰ろうと思うようになり、足は自然に通いなれた旭屋に向く。自分の代わり映えしない行動に、自分で自分を能のない奴と腹の中で苦笑いしながら、ガラス戸越しに中をのぞくのであった。

初めて悠起子を知ったその日は、顔見知りは誰もいなかった。

ここまで来たのだ、軽く飲んで小岩に戻ろうと店に入った。

「いつものことだが、遅くて悪いね」

おやじに声をかけてテーブルの間を縫ってカウンター席に座った。手拭きで顔を拭き辺りを見ると、入り口のガラス戸からは見えなかったが、若い女が二人、肩を寄せ合って低い声で話をしていた。確か前も同じように話し合っていたのを光雄は思い出した。旭屋にはときどき来ているようだ。光雄の好奇心に火がつく。彼女らはいったい何をしているのだろう。

「熱燗頼みます」

おばさんに頼んでおいて、座った椅子は二席ほど彼女らとは間を空けているので、何を語り合っているのかはわからない。それでも挙動だけからでも何となく女たちがひそひそ話をするのはどんなことだろうと、一人で想像するのは興が湧く。

酒の燗をつけながら、おばさんの耳も、心なしか彼女たちのほうに傾いているように思えた。

「それはそうと、会田はどうしている」

光雄がおばさんに訊く。

「今日は早かったよ。忙しい、忙しいと言いながらその割にはゆっくりしていったよ。景気が良くなって、みんな飛び回っているんだね。光ちゃんはどう？」

燗のついた銚子をもらいながら、

「まあまあだよ。相変わらず、ってところだね」

「千代さんから連絡あるの？　店を閉めてそろそろ一年半はたつでしょう」

痛いところを突かれ、光雄は苦笑いした。正江の話を持ち出したおばさんの本音は、小岩で一緒に住んでいる君子の様子を知りたいのだ。

小岩に引っ越すよ、と言ってなんの説明もなしにぷっつり姿を消した光雄が、そろそろ店を閉めようとしたら、ふらりと現れたのである。それからときどき遅くなって顔をだすが、引っ越した訳は喋らない。旭屋とは家族みたいに親しくしていたので、おばさんは光雄の様子がなにかと気にかかるようだった。

会田とはときどき会って光雄の様子は聞くが、詳しいことはわからないようだ。光雄の勤め先は神田、会田は日本橋の衣料品問屋、勤め先の場所が近いこともあって光雄と会田は旭屋で知り合って遠慮のない付き合いをするようになった。そんな間柄をおばさんは知っているので、光雄の様子を会田にそれとなく訊いてみるのだが、彼も口はかたいから年上の女と住んでいるようだ、くらいではっきりしたことは返ってこない。

おばさんは正江のことも知っているので、今度もまた十歳近く年上の女と一緒になった、とは話せない。あんたはよく懲りずに同じようなことをやるね、と笑われるのが落ちだ。

小岩のほうに話が向きそうで、話題を変えたほうが無難だと光雄は盃を口に運びながら、

「この店も顔ぶれが変わってきたね。古いお馴染みさんは別だが、学生は卒業すれば就職先の関係で各地に散っていく。ここには商科大学があるから毎年卒業生を送り出し、新入生を迎える。若い学生がくる。飯は食わなければならない。変化があってマンネリ化しないから年取らなくてけっこうな商売だよ」

「楽だけど変化があるのはいいかもしれないわ。地方からの学生さんは、どうしても慣れないうちは孤独感に陥るから、なにかと相談ごとを持ってくる。純粋でいいわ。誰かさんとは大違い」

「なんだか耳の痛い話だね」

おばさんを相手に光雄は盃をゆっくり口に運びながら、二人連れの女客の動きを目の端で追っていた。彼女たちも、時間が遅いのに突然現れた若い男が酒を頼みおばさんと親しそうに話をしているので、どんな関係だろうと気になるのか、ときどき光雄に顔を向ける。

まもなく食事が終わった二人は、おばさんに「ごちそうさま」と声をかけて、光雄の背中にふれないように通って出ていった。

「今のお客よくくるの?」

好奇心が動き、光雄は訊ねた。

定食屋の旭屋に女客は珍しい。しかも夜もかなり遅い時間である。日曜日には近くの美容学校の女子学生が二、三人グループをつくって食事にくる。寮の食堂が休みで、近くに食事ができる店は旭屋しかないのだ。女性客はそんなくらいで、その日は花が咲いたように賑やかになる。それも昼の間だけで、夜は食事と酒のお客になる。若い女が二人も揃ってくるなんてことは珍しいことである。二人連れは光雄より少し若い感じだが、立ち居振る舞いが落ち着いていていて物慣れた様子であった。

「最近越してきたんだよ。この先の裏路地にある陽光荘にいると言っていた。はっきりした娘さんだよ」

「若いのに自炊しないのかな」

「しているようだけど、少し遅くなると面倒だからここにくるんだろうよ」

光雄はもっと彼女たちのことを知りたかったが、何か下心があるんじゃないかと変に気を回されそうなので、話題を変えてもう一本銚子を出してもらい、店から出た。理由はないが、なぜか彼女たち、特に奥にいた色白のややふっくらしたほうが強く印象に残った。時間をつくり旭屋に顔を出していれば、そのうち彼女にまた会えそうな予感がした。


依頼された仕事は、担当者との調整に慣れるにしたがって速くできるようになり、そのぶん時間に余裕ができた。社史編纂と、後から依頼された商品カタログは内容がまったく違っていることも、仕事をやりやすくした。最初に依頼されたとき、毎日では気持ちの上で無理と、月水金ならと引き受けたのが今になって生き、二社目の仕事も火木土ととびとびで引き受けることができたのである。運はどこからいつ舞い込んでくるかわからない。

メーカーや問屋が社史やカタログを作ろうと考え始めたのは、戦後も十数年たち世の中が落ち着いてきたからである。商品が潤沢になる。同時に企業間の競争もこれまでは表立ってはなかったが、老舗と戦後設立の会社の間で目立つようになった。社史の編纂や商品カタログの発行も、得意先が価格競争につられて取引先を変えることを防ぐためのものといえる。光雄が二社の社史編纂やカタログ発行を手伝い出してしばらくすると、商品カタログを発行するメーカーや問屋が後を追うようにして出てきた。

臨時の金が入れば、駅前の赤提灯で好きなだけ飲む。そんな状態のところに月払いで社史編纂の仕事が入ったのである。懐が暖かくなれば飲む店も変わる。そこで知り合ったのが君子である。正江で知った女体の甘美な感覚が忘れられない。下宿に早く帰ってもやることはなく、君子のところに行って欲望を充たすだけの日常になった。

仕事に疲れ遅い時間にアパートに帰ると、君子が一人テレビを見ながらぽつんと座っている。急いで近くの銭湯に行き戻ってくると、酒の支度をして待っている。光雄の気持ちがほぐれるのはそこからであった。気持ちも緩み燗酒を二、三本飲むと、君子が欲しくなる。光雄は、君子が後片付けを終えるのをじりじりしながら布団の中で待っている。君子は優しかった。年上の女らしく細やかな愛情で包み、光雄の欲情を十分満たした。二つ三つくらい年上なら結婚してもいいと思うのだが、あまりにも年が離れすぎていて、そこまでは気持ちが踏み込めない。

旭屋で二人連れの若い女に出会ったのは、そんなときであった。光雄の心が揺れだし始めたころである。格別な理由はないが、わけもなく彼女たちのことが忘れがたい気持ちになっているのである。ときどき店にきて食事をしていくというから、そのうち顔を合わせるだろうと思った。なぜそこまでこだわるのかわけはわからないが、心の隅から消えないのである。たまたま旭屋に遅く行ったので彼女たちと会えた。遅い時間の女客は珍しいので記憶に留まっただけである。目を引くような美人ではない。そのうち忘れてしまうだろうと考えていたのに、数日後、意外に早く顔を合わせ、言葉を交わすことになった。

その日は土曜日であった。会社の仕事は昼過ぎに終わり、体が空いたので、社史をまとめている部屋は別になっているので、挨拶してそこに入った。すぐ担当者がきたが時間が取れたので、と言って作業を進めています。本業のほうをやっていてください、と気遣わないように言い、作業を進めた。八時前にはかなりの原稿を消化した。担当者は光雄を信頼していて、内容にひととおり目を通してその日はそこで終わることにした。

「仲井さん、今日は早い時間から頑張ってくれたね。休みなしでやっているもんね。早仕舞いとしようよ。私も残業の連続ではもたないよ」、と言い「頑張ったので気分転換にゆっくり休みたいよ」と言って仕事を打ち切った。その後、どうだい一杯行こうかというのを断り、市川に向かった。担当者は気をきかして誘ってくれたのだが、光雄はいつも仕事の関係者と飲むのは肩が凝る。別の会社でも、内容は違うが調査と原稿書きをしているのだ。金の心配はないから一人でゆっくり飲みたかった。それには、君子より旭屋のほうが気楽で落ち着くのだった。

うす暗くなっているとはいえ酒を飲むのにはちょうどいい時間であった。駅を出ると、旭屋に向かう足が自然に早くなる。旭屋に行くのに速足になるのはめったなことではない。そろそろ初冬がそこまで忍び寄っていた。ダスターコートの肩がひんやりしてきており、季節を感じさせる。一週間に一度か十日くらい空けて顔を出すのに、彼女たち二人に会ってから、まだ幾日も経っていない。光雄は、おばさんが何かあるのではと勘ぐるかもしれないと思ったが、気にしないことにした。土曜日のサラリーマンは気分転換に仲間同士で一杯飲んで帰る者が多い。食事が本業だから旭屋はまだ暇なのだ。お客は誰もいない。おじさんは手持ち無沙汰でいつものように新聞を見ているし、おばさんはテレビに目を向けている。

「あら、どうかしたの。ついこの間きたばかりじゃないの。誰かと待ち合わせ？」

「仕事が早く終わったので、たまにはおばさんに愚痴でも聞かせようときたんだ。小岩に帰っても退屈なだけだ」

「ご飯食べてきたの？」

「仕事先で特別製の出前をとってくれたんだ。真面目に汗流しているからね。見る人は見ているんだ。ま、それは冗談で、一本つけて」

「光ちゃんでも、よく見てくれる人いるんだね」

言いながら、おばさんは酒の肴を用意して、燗のついた銚子をカウンターに置いた。

カウンターに一人腰かけて飲むのは味気ないものである。通りすがり同然にたまたま見た女なのに、なぜ気持ちにひっかかるのだろうと、盃を傾けながら光雄は考えるのであった。そのうち記憶の中から消えていくだろうと残っている残照を消そうと二、三杯盃をあおった。それでも万が一の僥倖《ぎょうこう》で女たちが旭屋に顔を出すかもしれない、と未練たらしく駅から駆けるようにしてきたのがバカバカしくなるのであった。会えるかどうか半分、いやそれ以下の確率できたのだ。女二人の姿を初めて見て心の何かが動いたのに過ぎない。一人胸の内でやり取りをしながら、銚子を一本、二本と飲んでいた。

そろそろ腰を上げようかなと考え始めたとき、路地側のガラス引き戸が開いた。先夜と同じように、二人が連れ立って入ってきた。

「おばさん、遅くなったけど、まだご飯食べられる？」

色白、大柄のほうが気安く声をかけた。

「大丈夫よ、まだそんな時間じゃないよ」

二人はいつもそこに座るのか、光雄の隣の丸椅子を一つ空けてカウンターに並んだ。着ている物の柄は違うが、この間と同じでセーターとはんてん姿であった。

熱くしてもらった三本目の銚子を前に、光雄は顔をテレビに向けて、耳は彼女たちの会話を捉えようとそちらに集中した。人の話を盗み聴きしようとするなんて下品な行為だ、と我ながら嫌になって、聞かないようにテレビに目と耳を集中させるが、いつのまにか関心は彼女たちの会話に戻っている。奥に座ったセーターを着た細身小柄のほうが、しきりに何かを話しかけているが、もう一人の、やや大柄の佐良直美のような男っぽいタイプのほうはもっぱら聞き役で、ときどき何か言葉を入れるが、大半はうなずいているだけである。彼女の頭はおかっぱ、化粧気のないのも光雄の関心を引きつけた。

話が終わったようで、聞き役のほうの女が注文した。

「お酒一本、ご飯は焼き魚の定食でお願いします」

お酒も飲めるのかと、光雄は好奇心が一層強くなってきた。なんとか話しかける機会はないかと、盃をあけながら待った。銚子の数はいつもより一、二本増えたが、光雄にとってはそのくらいは飲んだうちに入らない。二人連れの女とは縁がないのだ、と諦めかけていたところだったので、運があるとうれしくなった。折を見て話しかけてみよう。今日は長居しているから、おばさんも変に思っているかもしれない。だが、気にしていたら話しかけるチャンスを失うかもしれない。何回か苦い思いをしているのを思い出す。

彼女たちは、一本の銚子を空けて食事をすませると、何か話し合っていたが、小柄なほうが「先に帰るわ」と立ち上がって、二人分の勘定を払って一人で出ていった。

いつの間にか、おじさんは御客がこないので店の裏にある住まいに引っ込んでいった。光雄は黙々と飲んでいるが、一人になった女と話をするチャンスは今しかないと思いながらも、声が出ない。じりじりしていると、おばさんが燗のついた銚子を持ってきて光雄に渡し、彼女に声をかけた。

「利恵さん先に帰ったけど、何か用があったのかしら」

「明日、朝が早いからと言っていた。お母さんに何か頼まれているみたい」

「利恵さんはたしかお勤めはしていなかったわよね」

「けっこう家のほうで仕事があるようよ。あちこちに不動産持っているので管理がたいへんそう」

「今日は悠起子さん、いつもより遅かったわね。出かけていたの？」

おばさんは話し相手をしながらいろいろ聞きたがる。

「お仕事、段取りが悪く撮影が長引いて、なかなか帰してもらえなかったの。幹事さんが遅れたから手順が狂ったのよ。私はお手伝いだから手を出せないし、イライラしても仕方ないもんね」

光雄は今がチャンスだと声をかけた。

「失礼ですが、カメラに関係する仕事をしているんですか」

横に座っている見も知らない男がいきなり話に割り込むように入ってきたので、嫌な顔をするだろうと思ったが、女は全然そんな素振りを見せない。

「そんな大げさなものではありません。写真が趣味の人たちが集まる撮影会の下準備をお手伝いしているだけですよ」

少し体を光雄のほうに向けて、やや素っ気ない感じはあったが丁寧に答えた。光雄は彼女が淡々としゃべるので、じゃまをしたのかと気持ちがひるみかけたが、ここで引っ込んだら元も子もなくなると腹をくくった。

「僕も仕事柄いろいろな場面の写真を撮るのですが、満足できたことは一度もありません。下手もいいところです」

「カメラの仕事を手伝っているといっても、写真撮影の同好会のお手伝いですよ」

「それでも気遣いはたいへんですね。モデルなんかもやるんですか」

「会の参加者が少ないときは、気心が知れているから撮影の練習かたがた頼まれることもあるわ」

「さっきお酒飲んでいたようですが、よかったら一杯どうですか」

「いただくわ」

彼女は悪びれずに応じた。おばさんは変な顔をしながら新しく盃を持ってきた。彼女は遠慮なく光雄がお酌した盃に口を当てながら、写真愛好家の撮影の日取りや場所、ときにはモデルの手配などを世話しているという。仕事の相手は中年の男が多いようだから、光雄との会話も手慣れたものであった。はきはきしたしゃべり口は、聞いていて気持ちがよかった。新しい盃にお酌をしながら、光雄は自分の名前を告げた。彼女も「私、石田悠起子です」と返した。

「二、三日前、ここで先ほどまでおられた方と一緒のところをこの店でお見かけしたのですが、覚えていますか」

光雄は、悠起子がどんな反応を示すか待った。

「遅い時間でしたね。一人できて、そこに座って飲んでいたんじゃなかったかしら」

記憶していたのである。光雄はうれしくなって酒を勧めた。何回か受けてくれたが、あとは盃から手を離した。悠起子にとってはただの時間つぶしであったかもしれない。十分ほど光雄と写真の話や当たり障りのない世間話をした後、帰って行った。それが悠起子と言葉を交わすようになった馴れそめである。

気をつけていると悠起子は隔てなくだれとでも控えめながら会話を交わした。

同棲の女

悠起子と言葉を交わすようになってから、光雄の旭屋通いは頻繁になった。それでも仕事の関係で時間を自由に使うことはできない。ある程度の限られた時間の中で、小岩で降りるところをから足になってもいいやと市川まで行く。結果は、悠起子に会えることもあれば空振りに終わる日もある。運不運は天に任せるしかない。悠起子に会えないときは、旭屋には会田のような酒飲み友だちがいて、久し振りと言いながらバカ話をして、気分が乗らず小岩に戻る。お互いに飛び回っていろいろ商売をするので個人的なことには踏み込まないから、気持ちのいい酒が飲める。

悠起子とは二人だけの時間を過ごしたかった。利恵がそばにいても気にならないが、会田や酒好きのおばさんの弟五郎は、正直者であるが口が重くじゃまだった。つまらない冗談を言って座をぶち壊されては、気を遣いながら悠起子との間を親しいものにしたいと努めているのが、いっぺんで台なしになってしまう。悠起子と利恵は、悠起子が市川に引っ越してきてからの友だちだった。利恵の家は、借家のほかにアパートを実家の横で経営している。光雄が小岩に移る前に、悠起子はそのアパートに引っ越してきたようだ。それ以前はどこに住んでいたのか、訊いたことはないから知らない。利恵は同年輩の友だちが少ないようで、アパートに住み始めた悠起子と気が合うのか、すぐに親しくなった。悠起子は、声をかけられれば気軽に相手をする。歳も近い。そんなことから二人は親しくなったのだろう。

利恵の家のアパートは真間山の下で静かであったが、市川駅までが遠すぎるので、夜遅い帰宅にはタクシーを使わなくてはならない。住んでみると、悠起子には不便であった。そんなことから、悠起子は今は旭屋の裏のアパートに引っ越してきていた。悠起子が利恵のアパートを出て行ったならば、普通は二人の仲はそこで終わるのだろうが、そのまま続いているということは、よほど気持ちが合うのであろう。

悠起子の歳は光雄と同じであった。直接訊いたわけではないが、同学年ではないかと見ていた。小学校と戦争の話を持ち出せばだいたい見当がつく。光雄は小学校が国民学校に変わった最初の一年生である。その年に太平洋戦争が勃発した。光雄の世代は戦争と切っても切れないから、ある程度歳がわかるのである。悠起子も同年の入学であった。彼女は早生まれの一月、光雄は七月の遅生まれ。二人の間ではあまり話題にしないが、B29、空を真っ赤に染めた空襲、戦後の荒廃、食糧難、買出し、闇市、一つの話題からいろいろな糸がほぐれ、おぼろげにお互いの育った環境が察せられ、自然と親しさが増してくる。殊に東京生まれの悠起子の味わった苦労は、九州の小さな町で育った光雄の比ではなかったはずである。一度二人の間で話題に上《のぼ》ったことはあるがそれ以降は意識して避けたことはないにしても何故か、話に上らなかった。悠起子も光雄も似たところがあって、過ぎてしまったことにはほとんど触れなかったのである。

旭屋のおばさんは光雄の女関係を知っている。以前は小料理屋の女将の正江と深い仲にあり、今は飲み屋で知り合った年上の女と小岩で同棲していると、さりげないふりをして光雄のことを悠起子や利恵の耳に吹き込んでいた。年上の女が好みのようだ、とでも話しているようだ。

悠起子と顔を合わせる回数が増えるにつれ、光雄の関心は好奇心から恋心に変わっていった。君子のことは常に頭の中にあるので、「同棲している女が小岩にいるとおばさんから聞かされた」と悠起子が言ったとき、光雄の気持ちは複雑であった。よけいなことを言うなとおばさんに腹立たしくなる半面、いつかわかることだ、自分から口にしなくてかえって都合がよかった、と考えた。弁解がましい言いわけをクドクド言うより、ああそうだとはっきり肯定するほうがさっぱりしていて気持ちがいいではないかと、自分なりにさらりと、「ああそうだよ」とうなずいた。君子のことはそのときだけで、その後二人の間で口にのぼることはなく、光雄はいつもと同じように悠起子と付き合い続けた。

君子は、光雄を信じ切っていた。夜遅くなる光雄に、それとなく女ができたのではないかとかまをかけるような言動は一切なかった。いくつかの会社をかけ持ちしているので夜も遅いのだ、と光雄は、悠起子と知り合った頃自分の状況を君子に話したことがある。そんなこともあるので真に受けているとは思わないが、十一時を過ぎようが夜中になろうが、不信感を表に出したことはない。君子と知り合った頃はアルバイト先は一社であったが、しばらくするともう一社増えて二社になり、毎日のアルバイトで夜遊びする時間がなくなった。幸い両社とも担当者の人柄がよく、ときどき休みにしてくれたり早仕舞いにしてくれたりするなど調節してくれるから、市川まで足を延ばして気分転換ができたのだった。

君子は光雄の行動に一切口を挟まなかった。家の中にいてはたいくつだろうと、小岩に落ちつくようになって休みの日の夕方、光雄は「たまには外に食事に行こうか」と君子を誘ってみた。だが、「こんなときでないと二人でゆっくりできないし落ち着いて話も食事もできない」と言って君子は応じなかった。派手なつくりの顔や和服をすらりと着こなす印象とはまるで違い、家庭的であった。

　君子を誘っても乗ってこないので、光雄は仕事の手が早く抜けたときは、小岩駅近くに家庭料理が売り物の小料理屋を見つけて、その店で飲むようにした。光雄が時間を作ってしげしげ旭屋に来るのは、以前はともかく今は女二人組が目当てだというのはおばさんには見え見えで、光雄は我ながら自分の行動が嫌だった。旭屋に行きたいのを抑え小岩で気分を変える。

　旭屋のほかにも暇つぶしの飲み屋が欲しかったのである。帰宅には中途半端なとき、小岩の駅の裏通りをぶらついていると、なんとなく品のいい小料理屋が目に入った。そこは角店で、入り口を挟む形で黒塗りの塀があり、塀の外に松の枝が少しはみ出していた。光雄のような安サラリーマンが行く店ではなく、中年以上の落ち着いた年配者、商店の旦那が好みそうな構えで、外にかざした行灯に「松さと」の文字が浮き出していた。

　光雄は何回か前を通ったが、敷居が高そうでそのまま通りすぎていた。考えてみたら金をもっていないわけではない、と腹を決めて、夕方仕事の時間が空いた日、思い切って暖簾をくぐった。

小綺麗な店でカウンターに五、六席、後ろの小上がりは座卓が一席、突き当たりは二畳の小座敷という造りであった。五十を幾つか過ぎた色の浅黒い丸顔、小太りの気の良さそうな女将と若い娘、年取った板前で切り回しているようであった。光雄が入ると、女将が素早く声をかけカウンターの奥の席に案内した。この店ではお客の足はまだ早いようで、光雄一人であった。出されたおしぼりでゆっくり顔を拭いた。初めてのお客がどんな人物か、女将も娘も板前も一斉に好奇心を秘めた視線を光雄に向ける。

「今日も暑かったね。ビールください。あと、つまみに枝豆でももらおうか」

ビールがくるあいだ、店の中などにゆっくり目を向けた。女将に似てやや肉づきのいい若い娘は、あとで知ったのだが女将の姪で、色白の笑顔がすてきであった。板前は、小柄だが短い塩辛頭で人のよさそうな顔をしている。運ばれたビールを飲みながら、いい店に入ったなと思った。これならときどきこれる。会田を誘ったら喜ぶだろうなと思いながら、ビールを開けた後、燗酒を頼み、ついでに刺身も追加した。その頃から馴染みらしいお客が一人、二人と入りだした。ほとんどのお客が一人であった。ゆっくり一人で飲みたいのだろうと光雄は考え、気持ちがわかる気がした。

　このとき光雄は二十七歳、仕事にも慣れ、自由に遊びたい盛りの若い男である。普通のサラリーマンなら、夜遊びも小遣いに限度があるからほどほどのところでやめるだろうが、光雄は予想もしなかった仕事の依頼が転がり込み、同年配に比べてはるかに多い収入が懐に入ってくるようになった。そんな機会はめったに訪れるものではない。貯金でもすればいいものを、そんな考えはまるっきり浮かんでこなかった。お金が入ると、遊び金だけとって残りは君子に全部渡していた。会社員になりたての頃は、遊び金がなくて質屋に時計を持ち込んだり、会社から給料の前借をしたりしてしのいでいた。学生時代もアルバイト、アルバイトの日々で、金には泣かされてきたのに、普通のサラリーマンなら大事にお金を扱うだろうが、光雄にはそんな考えはまるでなかった。八年前に死んだ父親は、自分の給料は安いくせに、お金の話を口にすると下品だと言って怒ったものだ。その影響が身に沁みついているのかもしれない。

　松さとは光雄には格好の店であった。小岩駅からもそう遠くない。商店街のはずれで、ぽつんぽつんと二、三軒商店がある寂しい小路の角を少し奥に入ったところにある。入り口の格子戸はよく磨いてあって女将の人柄が自ずとにじみ出ていた。周辺は住宅地で雰囲気は落ち着いている。光雄は、初めて入ったときからいっぺんに引きつけられた。最初は自分の歳から警戒されるのではないかと思ったが、そんなこともなく気持ちよく飲めて店を後にした。旭屋もいいが、松さとは品があるのが気に入った。近いうちに時間ができたらまた行こう、と決めた。

初めて暖簾をくぐった後、しばらくは仕事が立て込んで時間の都合がつかなくて、松さとへは行きたくても行けなかった。店の印象が薄れかけたころ、やっと時間がとれた。十時を過ぎていたが、飲み屋なら遅い時間ではない。松さとは小料理屋ふうではあるが、赤ちょうちんとは違う雰囲気の店、もう時間ですと言われれば帰ればいいだけだ、と考え暖簾をくぐった。

「まだいいですか」

「うちの店は十一時までやっていますよ」

そう言って、女将は真ん中よりやや奥の席に光雄を案内した。

女将が持ってきたおしぼりを手に、顔の汗を拭く。ひんやりして気持ちがいい。

「もう看板かと思った。あいていて助かったよ。久しぶりに気持ちのいい酒が飲める」

肴は適当にと頼んで、とりあえずビールを口にした。今日の仕事の資料は戦時中のものだった。人によっては触れられたくないこともあるから、文章の書き方を工夫しなければ作為的に表現された感じが出る。誰が読んでも当時はそんなこともあったと思ってもらえる文章にして、社長にも目を通してもらったので時間がかかり、いつもより遅くなったのだ。光雄はゆっくり酒を楽しみ、気分を変えたかった。

ビールと肴を頼みあとは酒に切り替えて、正面の料理の板札を見た。あまり気にしたことはなかったが、店に入る前に想像していた値段と違って、安いのに驚いた。一般的な品のいい小料理屋の二割くらいは安かった。光雄は、先客と女将が親しそうにやり取りしている話を耳に入れながら、盃を重ねた。光雄は自分から話しかけるほうではない。いつも一人でその場の雰囲気に浸っているだけで満足できるのだ。むしろ気がねをしなくていい。通っているうちに相客との間で挨拶をしあう仲になって、気楽に会話ができるようになる。

銚子が空になったので追加を頼もうとカウンターを見回すと、若い娘が小座敷の陰から姿を現しカウンターに入った。

「孝ちゃん、あとは私がやるから帰りの仕度をしていいよ」

それまで相手と話をしていたのを打ち切ってお燗の用意をした。孝子は女将さんに「はい、はい」と返事をしながら光雄の前にきた。淡いブルーのノースリーブからむき出しの腕が、白く光って眩しい。弾むような若さに満ちている。君子にはない鮮烈な若さが発する輝きだ。

「孝ちゃん、というの？」

こうした小料理屋で働いている女性は、年増のいかにも水商売に慣れきった女が多い。みずみずしい若い女は珍しい。ついうれしくなって言葉が出た。

「孝子です。よろしく」

銚子の追加を待ち、孝子と当たり障りのない話をして、気分の良さからそのあと二本追加して、いい気分で盃を伏せた。初めて会話するときはお互いに共通の話題が何かわからないから、無難に相手の気に障らないように気を遣うものだが、孝子との間にはそんなことはなかった。孝子には、君子にはない新鮮な生き生きしたものが溢れている。光雄より少し年下であるのも、取り上げる話が合ってよかったのかもしれない。

正江に去られ、君子のアパートに転がり込んで、旭屋とは縁遠くなっていた。月に一回か二回足を向ける程度であった。仕事も増え夜遊びは少なくなっていた。そんなとき気分転換に足を運んだ旭屋で悠起子を知った。なんとか近づきたいと思っても、彼女の空いている時間を訊けるほどの間柄ではない。悠起子と親しい仲になりたいが、思うように時間が嚙み合わない。その点、小岩は乗り降りする駅でもあるから足場がよいうえに、松さとは遅くまで開けているから、市川まで行かなくても帰りに一杯、気分直しに寄るのに都合がよかった。また、孝子は明るいし、肌は生き生きして若さが溢れている。ときどき冗談を言ってからかうのにいい相手であった。松さとの女将も、ふらりときて静かに飲んで帰る光雄に好感を持ったのか、いつも歓迎してくれる。良い印象を持っているようで、混んでいてもうまい具合に席を作ってくれる。それでも満席のときには、光雄はまた出直すよと言って、さっと姿を消す。そのあたりの引き具合が相手に気遣いをさせないので、好意を持つのだろうと思った。

孝子の肌はきめ細かく白い。浅黒い女将の姪とはとても信じられないほどだ。それでも二人は似ている。光雄は血は争えないものだと一人で納得していた。ノースリーブ姿の孝子がうつむくと、胸元から柔らかく盛り上がったふくらみがのぞく。密かにそれを見るのも光雄の楽しみであった。忙しくて手の足りないときは別として、ほとんどカウンターから出ないし、お酌もしない。カウンターを出るのは、後ろの小上がりの席に飲み物や料理を運ぶときだけであった。女将は孝子をよほど大事にしているのがわかる。カウンターの隅で、一人で盃を味わいながらゆっくり店内の人々の動きを見ていると、よくわかる。

水商売に馴れない素人っぽいところも、光雄には好ましかった。めったにお酌をすることのない孝子が、光雄がカウンターに座れば前にきて話しかけたり、ときにお酌をしたりする。うぬぼれではないが、光雄は密かに好意を持たれていると感じるが、女将の手前素知らぬふりをして、若い者同士らしいさっぱりした話を交わし、深入りしないように気を遣う。女将に変な警戒心を抱かせないように振る舞う。

八月に入ると雨のない炎天が続いた。昼間得意先を回る折など、日差しの強さに眩暈を感じることがある。その夏はそれほど暑かった。光雄は疲れを感じ、自ら担当者に今日は休みませんかと電話した。担当者も参っていたようで「仲井さん、さすがに今日は休まないと後が続かんよ。次から穴埋めに馬力をかけよう」と言ってくれ、アルバイトは休みにした。

小岩駅に帰り着くのは十時前後である。松さとには回り道になるので、普段は真っすぐ君子のもとに帰るようにしていた。この日は猛暑で仕事を中止したので、夕方には小岩駅に着いた。松さとに行こうかと気持ちは動いたが、早すぎる気がして迷いながら歩いているうちに店に着き、いつもの暖簾をくぐってしまった。陽が落ちたばかりの明るい時間に入るのは、なんとなく落ち着かない気分であった。お客はいないだろうと思っていたのに、カウンターはお客で埋まっていた。誰の思いも同じで、仕事を早く切り上げたものの家に帰るには早すぎる、そこで一杯やるか、と松さとの暖簾をくぐったのであろう。

光雄は小上がりに横座りに腰を下ろし、ビールを頼んだ。孝子がカウンターから出てきておしぼりを渡して、テーブルの上に置かれたビールジョッキに自分から注いだ。そんな孝子の姿を見たことがなかったので「ありがとう。孝ちゃんの注いでくれたビールは特別な味だろう」と言い、ひと息に喉に流し込んだ。孝子はうまそうに飲む光雄を見ながら、反対側に腰を下ろした。今までにない振る舞いに驚き、つい声が出た。

「おやおや今日はどうかしたの。いやにサービスがいいね」

孝子は、笑顔を浮かべて黙っているだけである。

光雄がグラスを空にすると、ビールを注いで立ち上がった。

「またきます」

女将が二人のやり取りをじっと見ていたのが、どういうわけか光雄の脳裏に残った。

その日を境に、孝子ははっきり光雄にも分かるように好意を示すようになった。お酌にきたり、横に座ったりした。誘えば、映画くらい付き合ってくれそうな気がした。君子は別にして、悠起子のことがなければ、光雄のそばで弾んでいる孝子の挙動、また、カウンターの中から心配そうに目を向けている女将の表情を目にしなかったら、冗談でも誘うような言葉を口にしたかもしれない。女将が気を遣うような言動は慎まなくてはならない、と光雄は自らを戒めた。

孝子が積極的に気持ちを示すようになって二週間が経った。陽が落ちる前に仕事を打ち切り小岩に戻ってきた。広い庭を持つ屋敷の近くに差しかかると、耳に痛いほど油蝉の鳴き声が降ってくる。大きな建物の中にある雑木林全体が、鳴き声で揺さぶられているのではないかと思わせるくらい張りがある。もうすぐ夏も終わるなあ、秋はそこまできている、と考えるともなく考えながら、光雄は松さとをのぞいた。孝子はいなくて、女将がカウンターに座っていた。店に客が入るには早い時間で誰もいない。入り口近くのカウンターに近づくと、女将が奥に座るように手招きした。

光雄が座りおしぼりを手にすると、待っていたように女将が近々と顔を寄せてきた。

「仲井さん。変なこと言うようだけど、孝子には手を出さないでね、お願い」

光雄の顔をじっと見て、率直に切り出した。

「そうだったのですか。孝ちゃんに好かれるなんて幸せなことだよ。これは本音だけど」

光雄は軽口でこの話を打ち切ろうとしたが、女将の表情を見ればそれではすみそうではなく、その後しばらく話が続いた。

松さとから距離を置くようにしたほうが無難だ。旭屋にも顔を出すが、このところ二人組とはほとんど会わない。

秋に入った。住宅街の路地を歩いていると、赤く色づいた柿が塀越しに見える。時の流れの速さを感じながら、一カ月ぶりに松さとの暖簾をくぐった。

「しばらくだね、ここは落ち着くよ」

女将が笑いながら、カウンターに光雄の席を設けた。

「仲井さん、孝子もいよいよ結婚するようになったわ」

女将の横にいた孝子はおもしろくない表情をして、ビールを出しつまみを添えた。

「なに、お嫁に行くのかあ。孝ちゃんはもてるからなあ。相手の男がうらやましいよ。でもよかった。おめでとう」

孝子はあまりうれしそうな顔をしなかったが、

「ありがとう」

と、言って光雄の前を離れた。

孝子がどんな気持ちでいるのか、ある程度光雄はわかるのである。

内容は違う二社から頼まれている仕事の完成は、ほぼ同じくらいになりそうだった。何か理由を設けて早帰りをしたいのだが、少しでも早く依頼先に渡したいと、九時頃で仕事を打ち切りにしていたのを、三十分延ばして少しでも早く刊行できるように努めた。早く帰っても、銭湯の風呂に入り君子と寝るだけである。それよりも仕事を詰め、そのぶん担当者に、今日はこのくらいで終わりにしましょう、と自然に無理が言えた。二社の仕事をさばき、夜は小岩と市川のどちらかに顔を出す。光雄は一人で大仕事をやっている気分でいたから、気持ちが張り詰めていて、疲れることはなかった。

光雄の自由時間が始まるのはそんな頃からである。

「最近、小岩とは何かあったの？　足が遠のいていたから、誰かいい人でもできたのかと思っていたよ」

「小岩は相変わらずだよ。仕事が追い込みにきたので少し忙しくなったくらいだ。適当にやってはいるがね。気のいい若い娘がいたが、それにも見事に振られたよ」

冗談を言いながら、旭屋のおばさんをからかった。

悠起子に久しぶりに会ったのはそんなときであった。もう初冬にかかっていて朝早くて夜遅いサラリーマンは、生地の薄いハーフコートなどを身につけだしていた。光雄も、旭屋からの帰りにはそろそろコートの季節になったな、と思うことが増えた。旭屋への足が増える代わりに、松さととは遠くなった。孝子のぴちぴちした若さが思い出され、自分の歳をときどき考えることがあるようになった。

光雄が女に溺れるようになったのは二十四くらいからである。映画館に行っても一人、街をぶらついても一人、若い男女が仲良く手を組んで歩く姿を見ると、自分は何かが欠けている、と思った。真面目に二十代を過ごすのもいいだろうが、せっかくの青春である。破天荒に三十前まで過ごしてやろう。酒は学生時代からけっこう飲み歩いている。女と遊べるのも若いうちだと、女に関心が向くようになったが、小遣いは少ない。もっぱら酒が遊びの中心になった。光雄の思考転換、行動開始を待っていたように、真間駅そばに千代が開店、正江の中で情欲をたぎらせた。店がつぶれ正江が去ると、君子を引き込んで毎晩のように肉欲に溺れた。

松さとで孝子に会わなかったら、年上の女との交情はいつまでも続いたかしれない。いつかは君子と別れなくてはならないときがくるだろうと思ってはいたが、あの夜いつもより遅い時間であったが、無理して旭屋に行ったのはまだ運に恵まれているのかもしれない。二人組の女に行き会えたのだ。その後は何回か旭屋に行ったが、行き違いもあって二、三度くらいしか行き会ってはいない。横から二人の話を耳にしていると、悠起子から発散するものは、強い個性的な何か説明できないものであった。話ができたのは、利恵が用があって早く家に帰り、悠起子一人になったからだ。彼女もすぐ帰るかなと見ていたら、そのままそこにいて銚子を一本頼んだ。悠起子とはそこからの付き合いである。おそらくよほど暇があったのだろう。

その年の夏は異常に暑かった。四季は春、夏、秋、冬が平均して変わっていく。夏が暑かったぶん、秋は短く冬は速足にきているような感じがした。日の暮れが早くなり一日が短くなる。風の吹く日などダスターコートの襟を立てるようになった。松さとが縁遠くなったぶん、もっと足しげく市川に行き悠起子と接したいのだが、いつも仕事が光雄に都合のいい時間に終わるとは限らない。九時前後なら十時前に旭屋に着く。悠起子が旭屋に顔を出すのもだいたい遅い時間である。撮影の仕事が早く終われば、食事やお茶に誘われない限り、六時か七時にはアパートに帰り、部屋で食事をする。利恵がきていれば旭屋で、ということになるようだ。悠起子は、部屋の鍵は利恵にも渡してあるらしい。部屋に利恵がいなければ、部屋の片付けをして掃除もする。こまめによく働くようだ。光雄は、悠起子が旭屋にいないからといって、顔を出さないという訳にはいかない。旭屋とはけっこう長いつき合いだ。通りすがりに話をするより少し親しいが、悠起子とは顔を合わせたくらいで、まだ見知らぬ相手といったほうがいいくらい遠い間柄だ。光雄が密かに恋ごころを募らせていても、悠起子の気持ちはどこにあるのかわからない。しかも、光雄が小岩で君子と同棲していることも知っている。常識的に考えれば、図々しい男だなと一瞥されるだけで、相手にもされないのが普通である。

光雄は、期待どおりにいかなくてもいい、賽《さい》は振ってみないとわからない、と思った。悠起子が旭屋にくる時間が遅いということは、幸運に恵まれているという証であると、自分に都合のいいように考えながら、都合よくいかないのを承知で、しばしばから足を運んだ。旭屋に足を運んでいればいつか顔を合わせる機会が多くなると、通うのも苦にならない。夕食は仕事先で用意してくれるから、光雄が行くのは酒を飲むためだけである。

おばさんから小岩の話を聞いて、光雄は女くせが悪い、と利恵がはりめぐらした警戒線もいつの間にか消え、やがて三人で話をするようになった。旭屋では光雄は酒を飲み、彼女たちはお菓子や果物などを適当に用意していて、おじさんやおばさんにあげながら会話を楽しむ。看板になれば、光雄はひと足先に店を出て小岩に帰る。彼女たちはアパートに引き揚げる。

君子は、いつもテレビを見ながら光雄の帰りを待っている。飲み直すときもあれば、そのまま寝てしまうときもある。そんな繰り返しで歳が暮れ、新しい年を迎えた。しばらくぶりにのぞいてみようと松さとに顔を出すと、女将は歓迎してくれたが、孝子の姿はなかった。光雄は、あえて孝子のことは持ち出さなかった。おそらく結婚式が目前に迫っているか、もう新生活に入っているかであろう。それでよかったのだ、と自己納得した。彼女の心を傷つけたかもしれないが、お互いに気持ちを口に出したり、態度で表したりしたことはない。時間の経過が全てを飲み込んでくれるだろうと思った。

光雄は、年が明けてから悠起子と本気で付き合いたいと考えるようになった。このままずるずると君子と同棲を続けていても、歳の差が障害になって破局を迎えるに違いない。だからといって、これまで甘い思いをしてきたのに、自分の勝手な都合から、そろそろ別れようと一方的に切り出すことだけはしたくなかった。君子を傷つけることだけは避けたかったのである。いろいろ別れ方を思案したが、君子は人柄がいい。どんなに考えても結果は君子を傷つけることになるのには変わりない。君子のことも頭の痛い問題だが、その前に大事なことが抜け落ちていることに気づかなかった。

悠起子とは何回か話したり飲んだりしているが、彼女の気持ちを訊いたことはなかったのだ。光雄が年上の女と同棲していることは、悠起子も耳に入っているから十分知っている。常識的に考えて、そんな男から付き合ってくれと言われ、簡単に「いいわ」と返事する女はいるのだろうか。また、君子の問題が解決したとしても、悠起子にとって自分には関係のないことで、どうでもいいことである。光雄だけが勝手に一人相撲を取っているのに過ぎない。いずれにせよ、近いうちに君子と話し合ってケリをつけようと決めた。気持ちが固まると、早く悠起子の気持ちを確かめ、自分がいかに彼女に好意を寄せているかを知らせたいと考えた。気持ちが決まると、光雄は悠起子にますますのめりこんでいった。ぐずぐずしていたら遠くに去ってしまいそうな気持ちになる。鉄は熱いうちに打て、だ。今がそのときかもしれない。勝手にそんなことを考え、話を切り出す機会を窺っていた。

二月初めの寒い夜であった。旭屋でおばさん相手に飲んでいると、はんてんを羽織った悠起子が、一人でふらりと入ってきた。たいがい利恵が一緒なのに、珍しいこともあるものだと光雄は思い、

「よかったらこちらにどうですか」

と誘った。

「じゃあ遠慮なく横の席をお借りします」

と腰を下ろしながら、悠起子はおばさんに熱燗を頼んだ。光雄は、

「酒がくるまでどうですか」

と手元の銚子を勧めた。何回か出会って顔見知りになっているし、口もきいているから、お互い遠慮はあまりしない。悪びれずに、悠起子は光雄が差し出す盃を受けた。

「一人で酒を飲む気になるなんて珍しいね」

「一人でいると退屈で、出てきたの。今日は仕事もないので、利恵さんと出かけて、食事はすませてきたのよ」

「利恵さんは何か急用でもあったのかな。いつも一緒にいるので変な感じを受ける。それとも後でくるのかな」

「今日はもうこないよ。家のほうで用があると言っていたから。彼女、けっこう働き者よ、農家の生まれは違うのね」

光雄は、古くからの馴染みでも、ふざけたり大声で話すことはしない。軽い冗談みたいな調子で話すことはあるが、調子に乗って深入りしないようにしている。悠起子も好感を持つようになったのか、迷惑そうなそぶりは見せない。もともと彼女はあまり表情を変え

ることがなかった。また自分から物知り顔で言い出すこともしない。何を感じているのかわからないところがあった。おそらく撮影の仕事でいろいろな人と付き合っているうちに、自己防衛か、あるいは会員と差別なしに接するために相手と対するうえで身につけた態度なのであろう。その中には若い女の子に関心を持ち、夜の付き合いを誘う年配者もいるに違いない。光雄はそんなつまらないことを想像するのであった。

光雄は悠起子と適当に会話を交わしながら、真間山へ行く道にパールというニッカバーがあるのを思い出していた。

戦後も十七、八年経つとすっかり街の様子が変わってしまった。光雄が初めて東京の土を踏んだのは十八のときである。新橋や新宿には闇屋が軒を並べていたが、真間山への通りも少しずつ活気が出ていた。上京してしばらくすると、闇市は半年か一年もしないうちに消え、各地に商店街ができた。東京オリンピックが拍車をかけた。扱う商品も多種多様幅広く、その中の一つがウイスキーであった。光雄が真間山の下に部屋を借りた頃は、パールはまだなかった。そのうち、下宿部屋への道を歩いていると賑やかなジャズの音楽が道路まで溢れ、楽しいリズムが流れるようになった。ジャズはともかく、どんな店か一度のぞいてみたいなと好奇心が湧いていたが、一人では入る気持ちになれない。

悠起子との会話がだれ始めていた。二人で一時間近く話をしたのは初めてであった。それでも、光雄は悠起子から離れたくなかった。そこで思いついたのが、パールのことである。

「パールっていうバー知ってる？　まだ入ったことはないが、夜遅く前を通ると、ドアの隙間からウエスタンやアメリカの映画音楽が流れてくる。以前から気にかかっていたんだが、よかったらのぞいてみませんか？」

「あそこには利恵さんと二度ほど入ったことがあるわ。カウンターだけの小さな店、マスターが一人でやっているようね。こぢんまりしていて、若いお客が多いようだわ」

「市川にもバーが増えたね。何年か前までは駅前の闇市にバーらしき格好をした店が一店あったようだが、あとは真間駅前や少し離れて近くにサントリーバーがあるくらい。そこは感じがいい店だったよ。聞いたことありますか」

利恵は家に帰ってしまったし、時間つぶしにバーに行くのもいいかもしれないと悠起子は思ったのかもしれない。旭屋に一時間も二時間もいるのは飽きがくるし、知恵のない話だ。

悠起子は気軽に「いいわ」と返事した。光雄は、いつも悠起子は二人でいるから利恵に監視されているような気分になる。気遣いをしないで話ができるチャンスだということもあって、返事はともかく誘ってみたのだ。気軽に「いいわ」と言ってくれるとは期待していなかった。銚子が空になったところで、二人は立ち上がって店を出た。おばさんは、一緒に出た二人が肩を並べていつもとは反対の真間山へ向かって歩き出したから、怪訝な顔をして見送った。

旭屋の中はストーブが燃えていたから寒さを感じなかったが、外は厳寒といわれる寒さの厳しい二月だ。コートを肩にかけただけであったので一度に酔いがさめ、体が固くなった。コートを着ればよかったが、パールまでは何分もかからない。二月は一年で一番寒いとき、厳寒といわれるだけあって風が吹くとコートの隙間を抜けて寒さが襲いかかる。

「その服装で寒くないの?」

「寒いけど、人が思うほどではないわ。綿入れと人は言っていたけど、寒さが違うのよ」

懐手して、悠起子はさっさと歩いて行く。商店街は食品店が多く、子どもは外に出ないから、明かりを消した店が多い。二人の足音だけが低く伝わる。京成電車の踏切を渡ると、パールの看板の明かりが辺りを弱いながら明るく照らしていた。悠起子が先に立ち、扉を押した。

明かりの光度を落とした店内は、バー特有のうす暗さが室内に広がっている。十人にも満たないカウンター席は、半分くらい埋まり紫煙がこもっている。客はサラリーマンと学生のようだ。ボトル棚は赤や黄色、緑など、豆電球に彩られチカチカ輝いていた。洋画の主題歌、サウンド・オブ・ミュージックがかかっていて、しゃれた雰囲気を醸し出している。昼間見ているパールの建物は、道路の舗装がしっかりされていないから、雨の日に跳ねた車の泥水が建物の横壁に縞模様を作っていて、あまりいい印象を受けなかった。これではお客も少なかろうと、店の前を通るたびに思った。毎回、雨が降れば車の跳ね上げる泥で汚される。手入れが面倒になって放っておくようになったのだろう。

悠起子は一、二度きたことがあると言っていたが、入るなり親しそうにマスターに声をかけ、数日前も会ったような喋り方をした。中年のマスターも、よく知っている態度で応対した。なんだ、何回かきているのだ。光雄は少しおもしろくない気分になったが、近くに住んでいるのだし仕事柄こうした店には行きつけていても驚くほうがおかしい、と思った。何回も話をしているわけではないのに、悠起子になんとなく嫉妬めいた感情が湧くのに、我ながら嫌な感じが走った。光雄と初めて会話を交わしたときも、悠起子は以前からの知り合いのような態度であった。今も、横から見ているとお馴染みさんみたいな話し方である。引っ込み思案で、人見知りをする光雄にはとうていできないことで、マスターとのやり取りを羨望の目で見ていた。正江や君子に恥ずかしさも感じないでよくぶつかっていったものだと思った。

「オン・ザ・ロックをダブルで一つ、私はお酒弱いからシングルでちょうだい」

悠起子は、光雄のあまり耳にしたことのない飲み物の名を言った。光雄が飲むのはトリスかサントリーのストレートである。ウイスキーは高いという意識が身についていて、バーに入ればたいていストレートを頼んだ。そんなことから、悠起子は光雄が知らない世界にいつもいるのだなあ、と少し羨ましい思いになる。

「こういう店よくくるの？」

「バーも増えたから、私たちでも入りやすくなったわ。だいたい撮影会が終わった後、親しいグループに誘われるのよ」

「僕が学生時代は、一杯五十円のトリスのハイボールさえ手が出なかった。酒にしても飲むのは焼酎、梅で割ったものがほとんどであった。バーに入るのはかっこよくて入りたいのだが、一杯飲めば財布が空になるから、どうしても敬遠することになる。あの頃からそんなに変わっていないのに、こうして簡単にバーに入りウイスキーを飲む。時代が変化するのは早いが、僕たちはそれに気づいていない」

そこまで喋って、光雄は口を閉じた。おしゃべりは嫌われると気がついたのだ。

「私にしても、同じことを考えることがあるわ。高校を出るのが精いっぱいで、親はどこも苦労したと思う。卒業してなんとか浅草橋の問屋に入ったけど……」

「何年頃なの？」

「私、二十八年の卒業なの」

「そうかあ。ちょうど僕が東京に初めて出てきた年だ。国電に乗るのにまごまごして押されたり突かれたりで緊張したよ」

いつか話は戦後の混乱した状況やいつも腹がへっていたことを思い出し、語り合った。その間も、マスターの好みかアメリカ映画のサウンドトラックが静かに流れる。悠起子は飲むより雰囲気を楽しむのが好みのようであった。光雄は、手持ち無沙汰になるとたばこに手を伸ばす。話をしながら話題が途切れる。悠起子と喋っていると、今まで生きてきた生活圏がいかに狭いかを思い知らされた。悠起子は饒舌なほうではないから救われる。喋っているうちに、悠起子への想いがますます強くなった。

話が切れたころ、時間もかなり遅くなっていたのでパールを出た。もと来た道を引き返し、旭屋の前を過ぎた。店は明かりが消えていた。住まいの入り口のほうから、闇に一条街灯の明かりがこぼれ、ぼんやりとあたりを明るくしていた。陽光荘のある路地の曲がり角にきた。

「アパートまで送るよ」

光雄は先に立って歩いた。悠起子が住んでいるアパートを見たかったのである。陽光荘は、木造二階建てのどこにでもあるようなアパートであった。ペンキで塗装しているぶんしゃれて見えた。七、八年は経っているようで、板壁の木口は雨のシミや埃が付着して汚れがそのまま模様になって薄く浮き出ている。造りは上下とも各三部屋で、手前の左に二階に通じる共用の階段がある。一階は通路がセメントで覆われていた。悠起子の部屋は一階の真ん中であった。先に立って部屋の前に立ち鍵を開けながら、

「お茶でも飲んでいく?」

と、気軽に誘った。

そろそろ十二時になろうとしていた。深夜といってもいい時間に、独り住まいの女性が若い男を平気な顔で部屋に誘ったのに、光雄は驚いた。去年の秋の終わり頃から旭屋で何回か顔を合わせたが、言葉を交わす程度の知り合いで、夜中に部屋に誘われるほどの間柄

ではない。以前の光雄なら誘いに乗ったかもしれないが、今は悠起子に信頼してもらうためには大事なときだ。軽はずみな行為で元も子も失ってしまったらたいへんだ。信用して部屋に誘ってくれたのだろうが、おとなしく引き下がるのが常識だ。部屋の前まで肩を並べ、

「今日は遅いから、この次にでもお世話になるよ」

と声をかけて別れ、手を振って、未練がましくないようにきっぱりした足取りで後をも見ずに、路地から駅への通りに出た。

悠起子のこだわりのないあっさりした態度にますます惹かれ、もっと深い付き合いをするんだ、積極的に前へ進むんだ、と光雄は胸の内で決めた。千葉街道に出ると、本八幡のほうから来た東京ナンバーのタクシーが目に入った。電車で帰ることを考えていたが、気持ちが変わり、小走りで街道を横断、車を停めて乗り込んだ。寒い中を急ぎ足で歩いてきたので、車中の暖気がむっとくる。たばこを取り出しくわえると、胸いっぱいに吸い込んだ。満ち足りた充足感が体全体に広がる。別れたばかりの悠起子の一挙手一投足が目に浮かんできた。

アパートに着くと、メガネをかけた君子は夜具に横に座り、俯いて新聞を読んでいた。

君子は外に出るときや雑誌、新聞を読むときはメガネをつける。

「遅かったのね。何か食べる？」

伸びをするように背を伸ばして、メガネを外しいつもの言葉をかけた。光雄がどんなに遅くなっても、「何かあったの」とか「今日も遅いのね」など行動を探るような言葉や目つきは一切しない。女は一緒になれば相手の行動を知りたがるものである。まして君子とは同棲である。疑えば不審に思えることはいくらでもあるはずが、君子にはそんな言動は一切ない。それだけに、君子に申し訳ない、信頼をいいことに好き勝手をしているような気持ちになるのだ。光雄は飲み歩いてはいるが、君子のほかには女に手を出すことはしない。それが君子への誠意と勝手に決めている。

「何もいらない。俺のこと気にせず寝てればいいのに……」

「これまで夜の仕事が多かったから、なかなか眠くならないのよ。あんたが帰ってくると、ほっとするのか眠れるの」

光雄は後ろめたさを感じながら、布団にもぐりこんだ。目を閉じていると、君子が横に入ってきた。

「今日はいつもより寒いね。体が冷え込んでいるわ」

寄り添うように、光雄の下半身に軽く手を伸ばしてきた。今横に寄り添っているのは悠起子だ、と思うと、男の本能は正直でたちまち硬直、勃起する。君子は待っていたように覆いかぶさってきた。いま上にいるのは悠起子だと、目を閉じて情欲の海に溺れていく。

光雄の遅い帰りが何日か続くと、決まって君子は求めてくる。精気を溜めておくと光雄は若いから機会があれば女遊びに走るかもと、危惧しているのかもしれない。水商売で生きてきた女だ、男のいろいろな本能を見ている。

君子に全く飽いたわけではない。だがなんとなく他の話し相手が欲しくなってきていた。そんな折に、松さとで孝子と軽い話をする仲になったのである。女将からの話がなかったら、孝子に気を持たせて迷惑をかけるようなことを起こしていたかもしれない。また、悠起子を見てたちまち惹かれたのも、同じような頃であった。自分が気がつかないだけで、心のどこかで変化、転機を求めていたに違いない。君子は女特有の鋭い勘と年上の経験で、光雄のそんな心理の動きを見ていたのかもしれない。

光雄は、君子との関係を人に知られたくなかった。年上の女と一緒に暮らしていることに気が引けるのだ。同棲を始めた頃は少しばかりこだわりがあったが、気にするほどのことはなかった。正江で経験しているからすぐ慣れた。セックスへの欲望と甘美な肉体の欲情が先に立ち、周囲の目など入らなかった。慣れてくると次第に変わり、商店街や通りなど肩を並べて歩いていると、若い燕だなと視線が光雄に集中してくるような気がした。初めの頃、君子の大柄で目立つ姿が、なんとなく得意な気分にさせ、喫茶店によく入った。仕事が忙しくなると、それを口実に一緒に出歩くことはなくなり、また一人で飲んでいるほうが気楽になった。

突然の別れ

時の流れは無意識のうちに人を変えていく。

光雄の中に、ときどきこのまま人生を過ごしていいのだろうか、と何かのはずみにほんの一瞬ではあるが、自問自答が顔を出す。仕事は別として、酒を飲み好きなだけ女に溺れて日々を過ごしていると、面倒なことは、まだ若いのだ、もう少し先で考えてもいいのではないかと、先送りしてしまう。悪いことに、歳に似合わず考えもしないくらいの収入がある。大金ではないが、金には困らない。たかが知れた人生、流れるままに流れてもいいか、と考えることもある。自棄になることはないが、光雄には自分で今の自分を縛るようなものはない。

大学時代の友だちは就職難で大半が郷里に戻り、公務員や縁故で職に就いた。光雄は、地元に戻る気持ちは受験で上京したときからなかった。どんな仕事でもいいから東京で生きていくつもりであった。会社の大小や業種を選ぶほどの成績ではなかったし、その気もあまりなかった。それにしてもよく卒業できたものだと自分に驚く。とにかく東京で暮らしができれば何でもしようと腹をくくっていた。幸い今の仕事に光雄のどこが良かったのかつくことができた。運に恵まれているのかもしれない。悠起子との出会いも漠然としているが、光雄が望んでいるような結果をもたらしてくれそうな予感を抱かせた。彼女は旭屋のおばさんから光雄のことはそれとなくさまざまに耳にしているだろうが、そんな様子は気振りにも出さない。

光雄がどんな仕事をしているかは、カッコよくきれいごとを言ったとしてもそのうちわかることである。ついでがあれば今のうちに、どんな仕事をしているのか悠起子に話しておいたほうがいいだろうと、三回か四回目に会ったときに雑談しながら話した。

悠起子は、業界の小さな新聞社とはいえ、マスコミの端くれにいることに興味を持ったようであった。撮影会の関係からマスコミに知人がいて、記事取材など共通の話題も生まれ、親しさは一歩も二歩も進み、光雄の気持ちをますます悠起子に傾斜させていった。

パールに行って一週間、仕事が終わると市川へ急いだ。もっと早く日を置かずに悠起子のところに行きたかったのだが、馴れ馴れしい男、気を許せば昔から親しかったような顔をして近づいてくる男と見なされそうで、一週間ほど日を置いたのである。

旭屋の前に立ち、温気で薄く曇ったガラス戸越しに中をのぞくと、悠起子と利恵がカウンターに並んでいた。中へ入ろうとガラス戸に手をかけたときに、二人が立ち上がったのが目に入った。夕飯はすましているし、旭屋に入りたいわけではない。悠起子に会いたい一心できたのである。彼女たちが店を出ていくのなら、中に入ってもしようがない。入り口を離れ、店内から見られないようにして、二人が出てくるのを待った。利恵が、道端の街灯の陰にダスターコートの襟を立てて佇んでいる光雄を目敏く見つけて、悠起子に何事か囁いた。悠起子も気がついたようで、光雄に顔を向けた。

「今晩は。この間は遅くまで付き合ってもらってありがとう」

悠起子は何も言わずに微笑んで、軽く頭を下げた。利恵は、なんのことだろうと二人を見比べた。

「旭屋さんに行くの？」

悠起子から話しかけてきた。

「いや、店まできたところだが、いつもと同じ。飲むだけで格別用があるわけではない」

「それじゃ、うちでお茶でも飲みませんか」

気軽に誘う悠起子に比べ、少し警戒気味で光雄を見ている利恵がどんな態度を見せるか、光雄の気持ちが引っかかった。いい機会だ。考えないことにして、誘いを受けることにした。

「迷惑でなければいいけど」

悠起子は光雄の返事を聞くと、利恵にかまわず先に立って陽光荘のほうへ歩き出した。利恵が傍にいるけど、また一緒の時間を過ごせるのだ。しかも彼女の部屋に招いてくれたのである。陽光荘は先夜悠起子を送ったので様子は分かるが、部屋に入るのは初めてである。どんな暮らし方をしているのか、好奇心が湧いた。

ドアを開けると、セメントを張ったたたきで、履き物を脱ぐことになっているが思ったより狭い。靴を脱いで上がると、板張りの小さなキッチン、部屋は六畳間、玉すだれの暖簾で仕切り、突き当たりは一間のすりガラス出窓である。先に彼女たちが入り、光雄に「どうぞ」と声をかけた。出窓寄りに、真四角の電気炬燵が据えられていた。今まで留守にしていたので部屋は冷え込んでいる。利恵が部屋に入るなりすぐスイッチを入れたから、少し暖かくなってきているだろうが、勝手に座って炬燵に足を突っ込むのは少々憚《はばか》られた。

光雄は出窓のそばに立ち、暗くて何も見えない庭を見ていた。

「寒いから炬燵に入って」

悠起子の言葉を待っていたように腰を下ろし、炬燵に入った。外が相当に冷え込んでいたので、あまり暖かくはないが、寒さで固まっていた体にはありがたかった。利恵はよく動く。光雄を部屋に案内すると、キッチンに行きお茶の支度をした。悠起子はおおらかなもので、お茶を沸かしたり湯呑み茶碗を炬燵の上に並べたりする利恵に「あんたも座ったら」と声をかけて、光雄と向き合った。

光雄は素面である。酒が入っていれば気も楽になり舌も回るが、女二人の中にいると体が硬くなって思うように舌が動かず、緊張から口が重くなる。照れくさいのを隠すようにぽつんと呟く。

「どうも、飲んでいないと勝手が違うよ」

「あら、飲んでいなかったの。どこかで飲んでの帰りに旭屋に寄ろうとしていたのだと思っていたわ」

お湯の沸くのを待っていた利恵も、キッチンから口を挟んだ。

「光雄さんはいつも飲んでいることが多いから、私も飲んだ帰りだと思っていたわ。お茶よりお酒を用意したほうがよかったわね」

旭屋で「光ちゃん」とか「光雄さん」と呼ばれるのを聞いているので、いつからか悠起子は名前で呼ぶようになっていた。利恵も一緒にいることが多いから自然に覚えたのであろう。

「仕事が終わって真っすぐきたんだ。早く終わるときは、担当者に誘われて一杯飲みに行くのだが、今日はなんだか市川にきたくなって、用があるふりをして担当者と別れてこちらへきちゃった」

飲んでないと言ったのを気にしたのか、悠起子が、

「去年漬けてみたんだけど、梅酒でよかったらあるよ。飲んでみる？」

と言って立ち上がった。

「懐かしいなあ。子どもの頃近所のおばあさんにからかわれたのか勧められ飲ませてもらったことがある。一升瓶の中に蛇が入っていたのを憶えている。気持ちが悪いので飲めなかったよ。あれは薬と同じで体にいいんだってね。後で何かのときにそんな話聞いたことがあるよ」

悠起子はキッチンのほうに行き、ごそごそ音を立てていたが、広口の梅酒の入った容器を両手で抱えて運んできた。

「利恵さん、あなたも座ったら」

と言って、炬燵板にコップを三個並べ、お玉でそれぞれ半分くらい注いだ。薄い透明な琥珀色をした梅酒は、まだ本当に熟すまでには至っていなかったが、光雄は久しぶりということもあってけっこう味が楽しめた。利恵も、お茶を入れた湯呑み茶碗を炬燵台に置き、座りながら柿の種を光雄に勧めた。光雄はコップを手に取ると、含むように梅酒を口にした。生のままだから、強いアルコールが舌を刺激、梅の香りと甘さが残った。

「生で飲むと、焼酎だから相当強いね。子どもの頃おばあさんが渡してくれた梅酒はなめた程度で、飲んだとは言えないが、こんなに甘くなかった。生だと甘いもんだね」

悠起子は馴れているのか味わうようにして少しずつ飲んでいる。利恵は光雄のほうにコップを押した。

「私は駄目、ビールがやっとだから。こんなのを飲んだら目が回ってしまう。光雄さん、私のほうのも飲んで」

光雄は三人で親しく話したことはあまりない。話す場所はだいたい旭屋で、おばさんも会話に入ってくるから場が賑やかになり、気を遣うことはあまりない。ところが利恵が入っての三人での会話になると、なんとなく会話の流れがぎこちなくなる。悠起子との間では共通するものがあるのだが、利恵とはどこか流れがうまくいかない。口は動いているのだが頭の中は気を遣っているので、スムーズでないのを自覚している。旭屋のおばさんが何を吹き込んでいるのかわからない。終わったことは元には戻らない、と割り切っているのだが、心のどこかで引っかかっているのかもしれない。悠起子が独り住まいなので、悠起子に変な男が近づかないように、利恵はそれとなく警戒しているのかもしれない。

梅酒は甘ったるいので酒のようには飲めないが、アルコール度が高いから酔いが少しずつ回ってくる。夜の時間は早い。利恵は遅いときは泊まるようであった。光雄は時間を気にしないで落ち着いて話している様子から、今晩は泊まるのだろうと推察した。初めて部屋に入れてもらったのだ、長居は禁物、嫌われたら元も子もないと、時間を見計らって腰を上げた。

「終電が近くなったので失礼するよ。梅酒、けっこう酔うね」

お休みを言って部屋を出た。悠起子との距離がまた一歩近くなった。駅へ向かう光雄の足取りは軽い。昼間は日が差し風のないときは暖かいが、さすがに夜は更けるにつれてじんわりと寒さが体の中に染みてくる。背中はすこし前向きになって肩に力が入る。住宅の庭から早咲きの梅が垣根の隙間を通し闇にこぼれ白い顔をのぞかせる。

いつもならタクシーで戻るのだが、なんとなく市川駅に行き、小岩までほんの一駅だが電車に揺られて帰路を楽しんだ。満ち足りた気分を、君子に会って変えられたくなかったのだ。

駅から商店街を抜け、裏通りの住宅地に入ると、光雄の靴音だけが響く。アパートが近くなるにつれ、胸が痛む。君子に悪いという気持ちが出てくるのだ。悠起子とは顔見知りより少し親しい程度の仲であるが、君子を裏切っているような後ろめたい気がしてくるのだ。いつか悠起子のことを話すことがあるかもしれないが、今は海のものとも山のものともつかない状況である。口にすれば、どちらにも迷惑をかけ心に傷を負わせる結果を招く。一人勝手な想像であるが、結果は二人に見放されて一人放り出されるのが落ちだと恐れるのである。狡くて卑劣な振る舞いではあるが、今はまだその時期ではないと、自分勝手を承知で、悠起子の気持ちがどう動くかを見てから自分の思っていることを打ち明けようと思案した。光雄は、自分を狡い男と認めるいっぽう、腹の中で君子を騙しているのとはわけが違うと、都合のいい言い訳をしていた。

三月になった。気温は目に見えて暖かくなる。いつの間にか梅の花は桜の薄い桃色のつぼみに変わっていた。梅酒を飲んだ夜を境に、何回か陽光荘を訪ねた。悠起子が留守のときは旭屋で酒を飲み、時間をつぶした。おばさんは、手が空いていれば悠起子との関係を知りたいようで、話題を悠起子のことに向けた。幸いなことに、光雄も彼女については暇つぶしの雑談くらいしかしたことはない。ときどき会っているが詳しいことは知らない、としか答えようがなかった。また、知りたいとも思わなかった。それで十分満足していた。新聞は各地の花だよりが賑やかになってきた。三月も中旬を過ぎると、風が甘い香りを広げソメイヨシノなどは開花し始めた。あれほど寒かった夜風も暖を含んで、気温を気にすることが少なくなった。

何回か陽光荘に足を運んでいるうちに、いつか暦は四月に入っていた。夕方暗くなる頃陽光荘に向かいながら、今日も留守かもしれないと、ドアをノックする前に、それでもいいやと軽く三回叩いた。部屋の中で人の動く気配がして、ドアが開いた。珍しく悠起子が一人でいた。利恵が帰った後のようであった。食事はと訊くと、すませたところで、利恵さんが帰ったので片付けていた、と言う。

「じゃあ忙しかったんだね。少し遅いけど、パールで気分転換はどう?」

「いいわよ。このところ梅の会だ、桜の花はどう、とかで仕事の呼び出しが続いていたの。

ゆっくり夜の花見もいいわね」

光雄は、たぶん仕事が忙しいのだろうと思っていたが、やはりそうだったのかと自分の推測が当たって変な喜びが湧いた。それにしても、利恵は悠起子の動きをよく知っているなあと、意味はないが変な関心が湧いた。陽光荘を出てパールに向かう道で、何気なく訊いてみた。

「利恵さんも撮影の仕事を手伝っているの？」

「あの人、家の仕事がないと暇だから、ついてきて手伝うのよ。気がきくからけっこう助かるし、会員にも人怖じしないで話しかけるから、喜ばれているのよ。私も助かっているの」

確かに、利恵にはそんなところがある。家は裕福だし、アルバイトの手間代は悠起子の友だちとして手伝っているという立場だから、金銭的な心配はない。終わった後、悠起子の親しい人が利恵も食事やお茶に誘ってくれる。いろいろ話が聞けて楽しいのだ。歩きながら、光雄にそんなことを話してくれた。

パールで一時間ほど飲んで、真間の桜が咲き初めているというから早めの花見をしよう、と誘った。真間川は川幅があまりない。土手道も二、三人での散歩にはちょうどいいくらいの幅である。流れは国府台の道路へ向かって流れる。水路は江戸川の土手にぶつかり、水門を通って江戸川に合流する。短い橋がかかった道路は、松戸へ向かう登り坂をバスが往来する道になっている。車はけっこう多い。

夜の小さな川土手は桜のにおいと気配に強く包まれ、なんとなく風情があって、恋人同士が寄り添って散歩するのにロマンチックである。悠起子は口数が多いほうではない。どちらかと言えば相手の話を聞きながら話題を楽しむほうである。土手の途中まできたとき、話題が切れた。光雄は、何を話したらいいか考え込みながら歩く。話が変な方向に行くと、君子のことに触れなければならなくなる。今の状況ではまだ早すぎると考えていた。川幅のせまい土手道に入り、肩を寄せ合うようにして歩いた。予想したとおり、桜の蕾が半分ほど開きかけていた。川岸の土手は甘い香りが鼻先を漂う。車では土手道は走れないから、気がねなくゆっくり散策を楽しむ。真間川の桜は市川でも知られた名所。月末から四月初めにかけて土手道はソメイヨシノの薄紅色に覆われ、川面は品のいい鮮やかな色彩に染められる。

光雄は、意識して悠起子に寄り添うように歩く。胸の内では君子のことが気になり葛藤が始まっていた。今は幸せだが、いつまでもこの状態を続けているわけにはいかない。いつかは君子に話をして、別れなくてはならない。歩いていると、古木であろう、ひときわ抜きんでた桜の大きく広がった木が目に留まった。花は三分咲きくらいであったが、色づき始めた花弁が光雄にチャンスは今だと語りかけ、背中を押しているように感じた。悠起子が光雄のことをどう考えているのかを訊くのは今をおいてはない、と思った。半咲きの桜の花弁の群れを通して、寒月が蒼白く光っている。

「悠起子さん、俺のことどう思っている？　俺は君が好きだけど」

悠起子は、半分開きかけた桜の蕾を黙って見ていた。急に光雄が口にした、予想もしなかった問いかけに、どう答えていいのか戸惑っているのだろう。口を開かないのに耐えかね、

「小岩のことが気になるのだろうが、近いうちにきちんと始末をつけるつもりでいる」

と、一方的に喋る。今どんな心境で悠起子が光雄と付き合っているのか、光雄にはわからない。悠起子は頷くだけで、それは否定も肯定の意味もないものであった。単に、話はわかったという意思を表示しただけとも解釈できる。光雄には、この機を逃したら彼女とはもう縁がなくなるだろうという恐れがあった。なんとしても彼女を手にしたいという強い気持ちがはたらき、光雄に対しどんな気持ちでいるのかはっきりさせたいので、焦りだ

けが膨らみ、よけいなことまで口にする。

「結婚してもらいたのだが、今の俺はいつということを口にできない。自分勝手だが、結婚を前提にこれからは付き合ってもらえないだろうか」

光雄は、喋っているうちに焦りがますます強くなる。悠起子とは昨年冬の初めに知り合ってから、わずか四カ月くらいの付き合いである。顔見知りが軽い会話を交わす程度である。お互いの身辺を話し合ったことはないから、白紙の間柄と言っていい。結婚話に入るには、いろいろな過程を経てたどり着くのが普通である。光雄が口にした言葉にはそれもなかった。男女の間には、恋愛もあれば見合いもある。それぞれに生まれた環境や育ったところもちがう。さまざまに過去を背負っている。隠しておきたいこともあれば、知って欲しいこともある。特に光雄は、女関係が旭屋のおばさんからいろいろな形で、店で親しくなった若い女の耳に入っている。悠起子も知らないはずはない。ところが、酒を飲んでいる席でも雑談のときでも軽い冗談にしても、深い関係に入っていくような接触は一切なく、話題にあげたこともなかった。そんなことも、彼女がどんな女か知りたくなる要素で、光雄を悠起子に強く引きつけるのであった。

ああでもない、こうでもない、やはり女遊びなどが彼女の思考の障害になっているのかもしれない、返事はもらえないなと、勝手に思い迷っていた。

「私も、あなたのことは嫌いではないわ。どちらかと言えば好きよ。いきなりの話だから、少し考えさせて」

悠起子の言葉に、光雄の心は躍った。光がさした気になった。思いきって悠起子の肩に手を回し、軽く抱きしめた。そのまま唇を合わせることも考えたが、少し図に乗っているのではないかと、自分でも思い、相手もそう思うかもしれないとそこでとどめた。光雄は心を躍らせながら悠起子を陽光荘に送ると、東京へ向かうタクシーを拾い小岩のアパートに帰った。

そろそろ炬燵はいらない季節に入っているが、君子が体を入れているので、光雄も座りながら炬燵に入った。炬燵のテーブル台にはお茶が用意してあったが、なんとなく酒を飲みたくなった。

「お酒があれば、少し飲みたいな、冷でいいよ」

「ちょっと待って。すぐ用意するから」

グラスに冷酒を入れてもらい、飲みだした。二杯目くらいになると、悠起子と飲んだウイスキーの酔いが戻ってきたようで、引き締めていた心のひもが緩んだのか、まだ話すときではないと気をつけていた年齢のことがポロリと出た。初めのうちは、桜がそろそろ満開になりそうだなど他愛のない話をしていたが、酒の酔いが言わせたのか、一番触れてはいけない言葉が光雄の口から出た。

「俺もそろそろ結婚のこと考えなくてはいけないかなあ、まだ若いといっても三十はすぐそこまできている。それとも、このまま二人でこれからも暮らすか」

独り言のように呟いたので、君子の耳に入ったかどうかはわからない。テレビに向かっていた目が一瞬強く光ったように感じたが、酔っていたので光雄は気にしないで、酔ったようだ、寝るとするか、と炬燵の横に転がった。

「そう、何かあったのね。あんたも年頃だからね」

「そんなこと深く考えたわけじゃない。ふっと思っただけだ。まだ三十前だし、男はこれから働きがよくなるんだ。今の話、あまり気にするな。俺、君子が好きなんだ。いつまでも一緒にいたいよ」

光雄は後ろめたさがあるので、言わなくてもいいことまで言い、君子に警戒心を抱かせないように努めた。

「私も光っちゃんが好きだけど、私のことは心配しなくていいからね。あんたの好きなようにしたらいいのよ」

光雄は安心した。そうまで言ってくれるのなら、この際いい機会だから、はっきり別れてくれと切り出したいところだが、それはできない。格好良くいい男でありたいのだ。君子を傷つけそうで嫌なのだ。近いうちにその日がくるかもしれないが、今は目をつぶってそっとしていたい。君子の優しさに対してもむげな仕打ちはできない。悠起子ともう少し時間をかけたほうが、お互いの仲が深まるのではないか。考えながら、光雄はテレビの画面を熱心に観ている君子に手を伸ばし、抱え込むようにして横倒しにした。着物の裾を割り手を入れ振れると、そこはすでに潤んでいた。君子にすまないという気持ちがあるので、愛撫にいつもより心がこもる。

「待って、布団敷くから待って」

君子は喘ぎ喘ぎ遮ろうとしたが、光雄はそのまま入っていった。しばらくすると、食いしばった君子の口元から抑えた悲鳴に似た声が漏れ、光雄の欲情は烈しく駆り立てられ、さらに火がついた。テレビは何かを喋っているが、光雄にも君子にも意味不明の言葉が流れているだけである。ひたすら官能の世界に浸っていた。

翌日、光雄は君子に自分の気持ちをそれとなく匂わしたことで、悠起子になんとなく抱いていた引け目が消え、まともに付き合いができる気分になった。頼まれた仕事の社史も半月ほど前に終わり、週三日は夜の時間を好きなように使える。君子には黙っていたが、体が軽くなったような気分であった。夜の時間が気遣いなく使えるので、市川に行こうかと考えたが、昨日君子に別れ話みたいなことを言ったのが気持ちに引っかかって、小岩で降り、真っすぐアパートに向かった。一つには、悠起子とは昨日会ったばかりで、光雄のことを性格、気質は見た目に比べ本質はしつこいのではないか、と思われるのではないかと考えるかもしれないと憶測して、今日は市川行きをやめることにしたのだ。

アパートの前にくると、いつもの習慣で、住んでいる二階を見上げた。君子のいる角部屋の窓に明かりはない。夕方の遅い時間までどこへ行っているのだろう。特別気にかかることはないので、音が高く響く鉄製の階段に気をつけながら上った。今更悔いても仕方がないが、あんな話を持ち出さなければよかったと思いながら、部屋の鍵をポケットから取り出し、開けた。中はカーテンを引いていないから、街灯の明かりでうっすらと明るい。誰もいないと寒々とした空気が部屋を独り占めしているようで、ことのほか寒気を意識する。急いで明かりをつけると、どことなく部屋の様子が違っている。いつもよりも広々しているのだ。部屋の真ん中に置かれている炬燵が消えている。君子はいつも和服で外に出かけるときは普段着を壁に吊るしているが、その見慣れた着物がない。変だなと思ったが、深く考えることもなくお茶でも飲もうと、ガス台のやかんに火をつけ茶ダンスを開けた。湯呑の横に四角に折りたたんだ白い紙があって、その下に千円札が五枚置いてある。こんなところにお金をといぶかしみ、折りたたんだ紙を取り上げ開いた。

「光ちゃん、お世話になりました。お幸せに　君子」

とあった。読んだ瞬間は意味がよく理解できなかったが、しばらく茫然と見ていて、これは縁切り状だ、出て行ったんだと気がついた。いまさらそんなことを言えた義理ではないが、申し訳のないことをしたと悔やまれた。

昨日の夜の激しく燃え乱れた君子の姿態が甦ってきた。終わったあと再び自分から求めて、光雄のすべてを絞り取るように体をぶつけてきた。あのとき、君子の腹は決まったのだ。別れる決心をしたのだ。光雄への最後の愛情が強い欲情を呼び、燃える姿になったのであろう。

君子は好悪の感情がはっきりしていた。店に出ていて、客が手でも触ろうものならぴしゃりと小気味のいい音がするほどその手をたたいた。そんな潔さが、光雄の気持ちを引きつけたのである。君子の体が欲しかったのはもちろんだが、気質にも惚れたのだ。光雄が結婚を口にしたとき、君子の顔色に変化を見たような気がしたが、一瞬のことであり光雄は酔っていたから気にも留めなかった。それよりも、悠起子と別れた後無性に女を抱きたくなっていた。おさまらない欲望を君子にぶつけ引き寄せたのだが、抱いているうちに君子の感情のほうが激し、これが光雄と最後の愛の営みとの思いに駆られ、強い性感を呼び官能を高めたのであろう。痴態に喘ぐ君子の姿が、光雄の瞼に甦る。

茶ダンスの中の千円札五枚、五千円は何回見ても哀しく空しかった。君子の心情を五枚の千円札が光雄に告げているようで、切なかった。何気ないふりをして、結婚を話題に持ち出したときに、すべてが終わりにきたと君子は感じたのだろう。何気なく光雄の話を聞きながら、勘のいい君子は、光雄の気持ちに異変が起きたのだと察したのだ。今まで尽くしてきたのにと怒りに燃える女が多いが、彼女は裏腹に光雄への愛情がたぎりたち、未練がましいことはしたくないと、自ら素早く身を引いたのだろう。

光雄は部屋の真ん中に座り、改めて周りを見回した。一緒に住むようになって買った洋服ダンス、市川から運んだ学生時代からの座り机がぽつんと置かれていた。押入を調べると、君子が自分で新しく仕立てた敷布団、かけ布団各二枚、毛布もある。持って行ったのはテレビ、炬燵、こまごました食器や衣服くらい。以前から持っていたものだけで、身一つといっていい状態で出て行ったのである。光雄は、小遣いを抜いた給料のほかアルバイトで入る小切手の金もそのまま君子に渡していた。おそらく銀行か郵便局にでも入れていたのかもしれないが、光雄には酒を飲む小遣いさえあれば十分で、金には無関心でいくらあったかわからない。光雄の収入は、同じ年頃のサラリーマンに比べれば二倍から三倍近くあった。そこそこの金額が君子の手に渡っているはずだ。損をしたとか、惜しいことをしたといった気持ちは一切起きなかった。君子を裏切った償いと考えると、申し訳なさが先に立ち、その金は少しも惜しい気持ちになれなかった。むしろ救われた気がしてくるのであった。

カーテンがなくなった寒々しい部屋に胡坐《あぐら》をかいていると、得体のしれない苦笑いが浮かんでくる。君子の見事な身の引き方に、つくづく感心してしまうのだ。彼女と知り合ってからも、日常的にこうした物ごとにこだわらないさっぱりした態度が何かの折に出た。光雄は君子が好き勝手に振る舞っても、一言も口を差しはさまないのをいいことにそれに甘え、市川に行ったり松さとで飲んだり気楽に過ごしていたのだ。今、金は五千円しかない。これからどうやっていこうかと一瞬心配がよぎった。それでも、憎しみや腹立ちはなく黙って別れてくれたことに、感謝の気持ちが腹の底からふつふつと湧いてきた。

寝つけない夜を悶々とあかし、はれぼったい顔で出社した。昨日のことが思考のじゃまをして仕事にならず、アルバイト先に電話して休みをもらい、早々に退社して市川に行った。君子に去られ、うつろになった気持ちの持っていき場所がなかったのだ。足は陽光荘に向かい、気がつくと悠起子の部屋の前に立っていた。

光雄は、意表をついた君子の行動に最初はなんとも言えない複雑な衝動を受けたが、一日置いてこうして悠起子のアパートの前にいる自分を顧みると、どんな形で君子に別れてくれと言いだそうかと悩んでいたのが、ウソのように消えたのである。ドアの前に立つ光雄の全身に、初めて開放感が湧きだしてきた。ひとりでに頬が緩む。

ドアをノックすると、悠起子が顔を出した。利恵はきていないようだ。悠起子が留守ということもあるのに、そんな考えは少しも浮かんでこなかった。何回か無駄足を踏んでいるので、ひょっとしたら留守かもしれないと思うはずなのに、今の光雄には自由になったと知らせることしか頭にはなかった。「あがったら」という悠起子の言葉に促されて、部屋に入った。落ち着かなくてはと自分に言い聞かせて座敷に座ったものの、待ちきれないようにして言葉が出た。

「彼女、いなくなったよ」

「え？」

悠起子には一瞬、光雄が何を言いたいのか、困惑の表情が浮かんだ。彼女といってもどの彼女を指しているのかわからないし、前後の脈絡がないから何を言いたいのか理解できないのは当然である。わかっているのは光雄だけだ。君子のことについては、話らしい話どころか一切口にしていないのだ。旭屋のおばさんから、光雄には気をつけなさい、小岩に飲み屋にいた年上の女と住んでいる、というくらいの知識しか耳には入っていないだろう。悠起子も噂話にはあまり関心がないようで、君子について光雄に訊こうとしたことは一度もない。

「彼女って、誰のこと？」

いつもの光雄にはないものが発散されている。いったい何を話したいのだろうと悠起子はじっと光雄を見つめた。

「小岩の一緒にいる女だよ」

「何があったの？」

「おとといの夜、ここから戻って、たわいのない話をしているときに、そろそろ結婚を考えなくちゃいけないかなあと言ったんだ。そうしたら、そうねえと言って後は黙っていた。

拍子抜けするくらい反応はなく、黙って淡々としていた。今朝もいつもと同じ様子だったから、昨夜の話には気にもとめていなかったんだと忘れていたと思っていた。ところが小岩の部屋に仕事から帰ってみるともぬけの殻になっていた。自分のものと金だけ持って姿を消したんだ」

「手紙か何か、置いてなかったの？」

「なんにもない。綺麗に荷物を整理して五千円、千円札で五枚が茶ダンスの中に揃えてあった。会社でもらってくる給料やアルバイトのお金は必要なぶんだけ抜いてあとは全部彼女に渡していたから、裸同然になったよ」

光雄は、話しているうちに持っていかれた金が少しばかり惜しくなった。出ていくのがわかっていたら、手元に半分くらい取っておきたかった、という思いが今頃になって湧いてきた。その反面、これでさっぱりしてよかったのだという考えにもなった。

話を聞いていた悠起子は、光雄に向かい淡々とした調子で言った。

「何もなくてよかったじゃないの。黙って姿を消すのはあなたへの愛情だと思うわ。私とのこと知っていたの？」

「君子には全然口にしたことはないし、匂わしたこともない。結婚についても、どんな反応を示すかと気軽な調子で、君と別れたあの夜初めて言ってみたまでだ。まさか一言もなしに幻のように、簡単に別れてくれるなんて、思ってもみなかった」

悠起子は、金のことには一言も触れない。表情もいつもと同じであった。何か同情の言葉でもと、淡い期待をしていた光雄は少しばかりがっかりしたが、これが悠起子の普段の対応の仕方である。悠起子と光雄の関係はやっと少し前進したばかりである。友だち関係がひと足深くなったところであった。

光雄との付き合いに、悠起子はまだ気持ちが固まっていないのかもしれない。ひょんないきさつで、思いもかけず簡単に一人身になれたからと、浮わついた気持ちになって軽はずみな言動に走ったら足元を見られる、と光雄は思った。冷酷な男だ、優しさに欠けると悠起子に思われたらすべてを失う。光雄は改めて気持ちを引き締めた。もっと話をしたかったが、喋りすぎをおそれ、腕時計に目を落とし立ち上がった。

「今日は彼女と別れたことを言いたくてきたんだ。また、日を改めてくるよ」

君子と別れることになったと悠起子に話して、光雄は肩の荷を下ろした気分になって陽光荘を出た。この後、悠起子が光雄にどんな態度を取るようになるかは想像できない。悠起子を旭屋で初めて見たときから惹かれたのだ。なんとかして親しい間柄になりたいと接近したのである。挙動や話し方が高校時代に知り合った女生徒に似ていたのである。その子とは一時は親しかったが、卒業するといつの間にか離れ離れになり、やがて手紙のやり取りも電話も切れた。悠起子を見たとき、その時代に果たせなかった想いが浮かんできたのかもしれない。これまで知りあって付き合った女たちは、光雄に満ち足りた幸せな思いを与えてくれた。悠起子との付き合いは始まっているが、これからどんな絵を描き出すかわからない。結婚を前提に付き合ってほしいとは言ったが、そこに行きつくまでに、状況は変わったんだ。一人相撲だが光雄の頭の中はこれからどう動いていくかわからない。悠起子とは本当の付き合いが始まるのだと勝手に考える。今光雄の手元には小遣い銭程度しか持ち金はない。君子にほとんど全部を持ち去られるような、人生を甘く考えている男に悠起子は将来を託す気になれるだろうか。

「お金は間に合うの？」

悠起子が光雄に不快感を抱いた気配はなかった。むしろ前より一層好意を寄せてくれたような感じがしたのだった。「あなた、まぬけね」と言い出しかねない女が多いと考えれば、前途は明るいと自分に都合のいいように光雄は勝手に解釈した。

君子のいなくなったアパートに戻ると、光雄は急に力が抜けて布団にもぐりこんだ。考えることがいっぱいあるようで、それがなんであるのかわからない。天井を見ながら昨日からの出来事を考えてみた。事態は急変したのだ。結婚を口にしただけで、一言もなく身を隠すように消えていった君子の行動は、現実なのか、夢の中の出来事ではなかろうか。思考はいろいろ行き来しているうちに眠りに入った。

まだ夜の闇にいる。朝はきていないが、昨日から今日、時間は確実に推移しているのだ。いつも横にいて、手を伸ばせば答える君子はいない。正江が去ったときも突然であった。自分から別れよう、別れてくれと言い出して修羅場を演じるようにならなくてすんだのは、運がよかったのだ。正江と君子の二人と付き合った月日の合算は三年以上になる。ただ一緒に寝ているだけで、先のことは何もない。自分では気が付いていないが、将来を考えられない女と縁が切れたのは、これから長い人生を歩かねばならないための新しい門戸が開いたということだ。光雄は自分に都合のいい答えを引き出し何となく落ち着いた。

まだ夜明けの時間ではない。カーテンのない窓から街灯の明かりが差し込んでいる。君子の残していった布団から、微かに彼女の体臭が匂う。指を這わせて君子の濡れた感触を味わえないのは物足りないが、思いっきり手足を伸ばし触れるものが何もないのを確かめると、本当に一人になった、勝手すぎる言い方だが自由になったと感じるのであった。悠起子と結婚について話をしてから、君子にはどう対処すればいいかと考えが向いていたが、たった一晩のうちに、突然予測もしない形で解消したのである。

新婚の日々

ひかりは闇を切り裂いて走る。関ヶ原は雪が舞っていた。列車から漏れる明かりに、外は白一色である。列車の暖房で、窓ガラスは薄く曇っていたが、その窓に、正江、孝子、君子の顔が浮かんでは消えてゆく。

あの頃は若かったな、と光雄は懐かしさと苦さをかみしめる。すると、彼女たちに変わって、若かった頃の悠起子の顔がはっきりと甦ってきた。

爽やかな五月の風が入ってくる。カーテンのない窓から外の青空を見上げ窓を少し開ければ、さらに風は気候が変わってきていることを感じさせる。樹木は日ごとに緑を濃くし、様々な濃淡に彩られている。垣根越しに見える躑躅《つつじ》の蕾は、花弁が日を追って大きくなり、雑草の葉っぱも色が濃くなってくる。一年で一番美しい季節を迎えようとしている。

君子が去って二カ月近くになる。光雄は、夜の仕事が少し早く終わると市川に行くのが日課のようになっていた。悠起子が留守のときは旭屋で時間をつぶす。会田や旭屋のおばさんの弟五郎を誘って、松さとまで車を飛ばすこともあった。孝子は店にこなくなっていた。一時光雄を警戒していた女将も、心配ごとがなくなったのか、顔を出すと喜んで歓迎してくれるのである。会田や五郎のさっぱりした控えめな振る舞いにも好感を寄せていた。二人は、店のたたずまいが一杯飲み屋と違い客層も年配者が多く、上品な雰囲気に、初めのうちは口数も少なかったが、慣れると居心地がいいらしく、声をかけるとすぐに乗ってきた。

君子がいなくなったことには一抹の寂しさがあるが、気がねなく自由に悠起子に会えるのはうれしかった。その反面、ずるずるとこの状態を続けているといつか関係が破綻しそうで、早く結果を出したいと焦りも出てきた。結婚を言い出して二カ月。勝手に立てていた段取りに、次第に耐え切れなくなって早すぎるかもしれないが、心を変えるわけではないから、初めて結婚を口にしたときに言ったこととは違っても、悠起子に気持ちをぶつけてもいいのではないかと考えるのであった。光雄が当初考えていたプランは、結婚までには半年くらいかけてじっくり付き合い、お互いをもっと知り合ってから申し込んだほうがいいのではないか、ということであった。正江にも君子にも、衝動的といっていいくらい欲望に任せて気持ちのままに動いた。それは、彼女たちが年上という逃げ道があったからできたのだ。厳しく拒絶されても、世間知らずの若者が色気づいて手を出してきたのだと思わせればいいと、卑怯であったが、女への好奇心と性欲が光雄を無謀な行為に駆り立てたのである。悠起子には、それが許されない。正江にも君子にたいしても女体に対する初めてといっていい欲情を駆り立てられたのであった。

仕事柄悠起子は男との付き合いは多いだろうが、そんなことはどうでもよかった。会う回数が多くなるにつれ、若者同士の付き合いが恋に変わり、芽を吹いて結婚に至った、という道を歩みたかった。真間川の土手で自分の気持ちを悠起子に打ち明けたとき、そんな甘い自分勝手なことを胸に抱いていた。それが、実現に向かって歩き始めようとしているのである。悠起子と会う回数を重ねるうちに君子は去った。もう気にかけるものはない。いつまでも悠起子の返事を待っていたら、機会は去るかもしれない。あのとき語ったこととは違うが、答えは急いだほうがいいかもしれない。

市川駅前に志まやという古い和菓子屋がある。その店が最近建て替えられ、しゃれた喫茶部を設けた。室内は和風で、あかりの光度を少し落とし落ち着いた雰囲気である。お客は中高年が多い。バックミュージックもなく静かな雰囲気が好まれたのである。

　日曜日の午後、陽光荘を訪ねた光雄は悠起子を志まやに誘い出した。室内の電灯には和紙の笠がかかり、柔らかい暖光色の明かりが室内を包む。空気の流れが止まっているように静かであった。腰を下ろししばらく黙っていたが、どう切り出そうかともたもたしているうちに、コーヒーが運ばれてきた。ひとくち口にして、やっと本題を切り出した。

「悠起子さん、結婚してくれないか。半年くらい付き合ってから言い出そうと思っていたが、僕の答えは初めから決まっていた。あの頃は同棲していたので、無責任な結果になったら申し訳ないと、結婚の申し込みをする時期を見ていたんだ。今は障害になるものは何もない」

　一気に喋った。脇の下がじんわり汗ばんでくる。結婚を考えてくれと言ってから初めて口にした言葉が、このストレートな申し込みであった。もう少しロマンティックな言い方があってもいいはずだが、照れくさくてできなかった。悠起子は、光雄については市川にいるときの姿しか知らない。どんな男なのか考えたことがあっただろうか。外見と喋っているときは格好よく見せたいので、本当の光雄は隠されているかもしれない、と思ったことはなかっただろうか。

君子が出て行ってから二カ月にもなるのに、光雄は悠起子を小岩の部屋に誘ったことは一度もなかった。それには光雄なりにわけがあった。悠起子の気持ちになれば、この部屋で君子と光雄が暮らしていた、当然男女の日常の姿を様々に思い浮かべるに違いない。そんなところに平然と誘うような男には、普通の女性なら嫌悪と不快感、同時に鈍感な神経に、いったいどんな性格をしているのだと疑念をいだくだろう。すでに終わったことと片付けるにしても、まだ二カ月少ししか経っていない。二人の仲がはっきりしてからでないと、小岩のことは口にすべきではないと光雄は考えていた。悠起子が光雄のことをどれだけ理解しているのかについても考えてみた。光雄自身、悠起子についてもわかっているようで本当のところは何一つわかってない、というのが本音である。なんでそんな状態で結婚という大事なことを親兄弟の了解なしにいとも簡単に決めたのだと訊かれたら、説明の仕様がない。とにかく彼女と一緒になりたかったんだ、というしか答えは出てこない。無鉄砲だ、いいかげんだと言われても仕方がない。

頭の中にはそんな心配もあったが、向かい合って座ったとき、突然今しか結婚を申し込む機会はないと思った。いい喫茶店が駅前にできた、コーヒーでも飲みに行こう、とデートをする軽い気持ちで誘ったのだ。ところが、そこが人生の大事な結婚を申し込む場になろうとは考えてもいなかった。だが、賽は投げられた。

悠起子は俯いていた。結婚をいきなり持ち出され戸惑ったのかもしれないが、彼女の様子にはそんな気配はどこにも感じられない。無言のままじっとしていた。返事を待つ光雄には長い時間に思えたが、実際は数分であった。

「いいわ。いつか決めなくてはならないことですもの」

即断と言っていいほど、簡単に承諾した。少し考えさせてくれとも時間が欲しいとも言わなかった。悠起子は遠まわしにものを言う女ではなかった。それは結婚してからも同じであった。何事もはっきり直接的に表明した。馴れないと冷たくて、とっつきにくい性格の女という印象を受けるが、何度か付き合っているうちに、ぐずぐず言ったり煮え切らないような言い方が嫌なのだとわかった。初印象で感じた素っ気なさはなく、付き合っているうちに、暖かさがあるし気配りができることも知った。最初出会ったときはなんとなく高慢な女という印象を受けたが、淡白な性格がそのように見せるのだと納得した。よほどのことでないかぎり出しゃばらない。自己主張を守ることはない。

結婚を申し込んだ光雄は、あまり喜ばれない過去があるので、理由を設けて断られたらどうしようと、両手を握りしめ体を固くして悠起子がどんな答えを出すか待っていた。そこへ素っ気ないくらいあっさりした返事がきて、いっぺんに力が抜けた。同時に、安堵と喜びがこみ上げてきた。うれしさに頬がひとりでに緩んでくる。何年も味わったことのない幸せな充足感で喉が渇き、残っていたコーヒーを一息で飲み干した。

「ありがとう。よかった。断られたらどうしようかと、どきどきしていたんだ」

悠起子は来るべきものが来たと思っているのか、表情に喜びはあるが、光雄と違ってゆっくりコーヒーカップを傾けた。

「あなたの気持ちは前から気づいていたわ。いつ言い出すかと思っていたの」

悠起子の実家は東京の立石にあった。母親と兄夫婦、弟が同じアパートの二部屋を借り別所帯で暮らしている。父親は彼女が高校生の頃他界、光雄の父親も高校三年のときに死んだが、話を聞いてみると亡くなったのは同じ頃のようである。そんなことも二人の親近感を強くした。姉は結婚して出ているので、立石のアパート二部屋には生まれたばかりの男の子を入れて五人で住んでいた。

悠起子が実家の都合を訊いて二人そろって挨拶に行き、結婚の了解をとると、さっそく新居の部屋探しを始めた。光雄は、君子の思い出が染みついている部屋から早く出たかった。悠起子も、二人が別々に部屋を借りているのは無駄だと、新居を探して荷物を入れる結婚まで、実家に戻ることにしたのである。早急に部屋を探す必要があったが、光雄には休みの日以外部屋探しの時間はとれない。悠起子は利恵を相談相手に不動産屋巡りをして、これはというアパートやマンションを見て回った。光雄が出した新しい住まいの条件は、旭屋の近くを避けるということだけであった。悠起子も同じ考えのようだった。

旭屋の近くに住めば、おしゃべり好きなおばさんのいい話のタネにされるのがわかっていたからである。利恵は地元に住んでいるから、おばさんの噂もなにかと耳に入っている。「あの人は口が軽いから気をつけたほうがいい」と、光雄に会う前から悠起子に話していたのだった。光雄も悠起子も、お互いの過去については話で触れたことはない。今のあるがままの姿を信じようと、口にこそ出したことはないが、お互いの気持ちはそうであった。誰でもいくつかの傷を持っている。過ぎ去ったことは何の役にもたたない。新生活をよけいなことで煩わされたくなかった。

結婚式は十月、その前に新居を決めたいのだが、探すとなると帯に短し襷《たすき》に長しで、適当な物件がない。お互いに過去を一新、新しく生活を踏み出すために新築アパートを希望したのも、おいそれと見つからない原因であった。世の中は次第に戦後色が薄れ、新しい時代の色に塗り替わってきたとはいえ、まだ住環境の整備は緒に就いたばかりである。

六月に入って間もない日、悠起子から会社に電話がきた。京成八幡駅から十分くらい、菅野に建って二カ月ばかりの、六畳とキッチンがついたアパートが見つかった、一緒に見に行きたいのだが、と都合を訊いてきた。会社には結婚の話はしてあるので事情を言って早退、悠起子と市川駅前で待ち合わせて、不動産屋の車で下見に行った。

本八幡駅から十五、六分かかるが、市川駅から循環バスが走っていて、菅野広小路で降り横道に入るとすぐだ。バス停まで一分とかからない。会社は、出退勤に少々遅れてもうるさく言わない。「遅れてすみません」と頭を下げればすむ。タイムカードもないから、悪くない場所だ。平屋造り、三部屋あって、木戸の門を入った一番手前の部屋は塞がっていた。真ん中と奥は空いていたので、奥を借りることにした。中はどんな具合かと入ってみると、青畳の匂いがいかにも今建てたばかりということを物語る。新しいこと、それに部屋数が少ないから住人にあまり気を使わなくてすむ。条件は悪くないので奥の部屋を契約した。

部屋探しにはいつも失敗している。今までに五回引っ越ししたが、そのうち三回は借りて半年もしないうちに転居した。今度は悠起子が一緒に見てくれるから失敗しないだろうと思っていたが、また同じ轍《てつ》を踏んだ。借りるときはじっくり二人で隅から隅まで見て回ったが、やはり思わぬところに落とし穴が隠れていた。借りるときはどこにも不足はなかった。

家主は農家、庭続きに住み、畑の面倒を見ている。七十歳を過ぎた高齢で、手が回らなくなって一部をつぶしてアパートにしたようだ。人の好さそうな顔をしていて、言葉を交わすと実際に好人物であった。夫婦とも口数は少ないが、話してみればきちんとした対応をしてくれる。そんなことも、借りることに決めた要因になっていた。

家主はいいのだが、引っ越してしばらくの間部屋の中はたいへんだった。引っ越し先が決まると、光雄と悠起子は休みの日を利用して小型トラックを借りて、光雄の小岩の荷物を先に積み込み、悠起子の市川の陽光荘に回った。手早く片付けると悠起子は掃除に残り、光雄は道案内で車の助手席に座って菅野に向かった。さして遠くないから時間はかからない。新居には利恵が先回りして、拭き掃除など準備を整えて待っていた。トラックが着くと、運転手も手伝ってくれて荷物を運び込んだ。

光雄の荷物は洋服ダンスに座り机、あとは夜具。悠起子も同じような洋服ダンスと小さな茶ダンス、ソファーベッド、炬燵くらいで、手間はたいしてかからない。簡単に終わったところに悠起子が着いた。トラックを帰すと、家具の位置を決めて、室内のバランスがいいように小物を配置した。悠起子はときどき自炊していたが、外での食事が多いので、やかん、鍋、簡単な食器くらいしか持っていなかった。光雄も、君子のイメージが残りそうなものは一切置いてきた。悠起子と新しく整え、新生活のスタートを切りたかったのである。

玄関は一カ所、三部屋とも廊下で結ばれているのと、トイレが共同なのが不便であった。自分の部屋の前にきてドアを開けると、真正面に両開きのガラス戸がある。その外は、青竹を組み合わせた塀で畑とアパートを仕切っていった。ガラス戸越しに見える広い畑はイチゴを栽培しているようで、ちょうどシーズンに入っているのか葉と葉の間から赤い実が点々とのぞき、甘い香りが部屋に流れてきた。ソファーベッドを入り口の壁際に置くと、部屋の中は格好が取れたが、二つ並んだ洋服ダンスはちぐはぐで新婚所帯の雰囲気はぶち壊しである。二人とも格好をあまり意に介すほうではないが、どことなく部屋が落ち着かない。洋服ダンスは独り者には使い勝手がよく、洋服も下着も収まるので、処分せず二本とも持ってきたのである。それでも、下着類はともかく洋服の収納は一つあれば充分である。どちらを残すか決めかねた結果持ってきたのだ。整理ダンスの代わりと我慢すればすむことだと、当分そのままにしておくことにした。

十月からの新婚生活の準備は整った。引っ越し祝いを兼ね、本八幡駅近くの商店街に三人で食事に行き、やっと肩の荷が下りた気分になった。その後、光雄は新しいアパートに戻るため二人と別れ、悠起子と利恵は京成電車に乗りそれぞれの家に帰って行った。

アパートは板塀に囲まれている。引き戸を開けると、一番手前の部屋から明かりが漏れていた。引っ越しの挨拶に行くと、まだ若い奥さんが顔をのぞかせた。光雄たちより三つ四つ年下のようで、田舎から出てきて間がない印象であった。挨拶も終わったので、一番奥の今日から住むことになった部屋に行き鍵を開ける。もちろん誰もいない。カーテンのないガラスの引き窓から外光が入り、ぼんやり室内が浮かび上がる。季節は夏に向かっているのに、梅雨ということもあるのか寒々としている。部屋の中は、昨日までだれも住んでいなかったので新築特有の木材や畳の匂いがこもっている。人の匂いは全然ない。先住者がいた部屋は、その人たちの生活の匂いの跡が残っているものだ。それらが何もないということは、新生活のスタートを強く意識させた。

光雄はソファーの背を倒しベッドにすると、シーツで覆って寝ころんだ。これで新しい生活の第一歩が踏める。心が躍るのを意識した。小岩にいるとどうしても君子のことが頭から消えない。君子は気がきいて、一言言えば光雄が何を求めているのかすぐわかり用意してくれた。この新居にくるまで、シミのように君子の面影が張りついて、光雄を引きずっていた。すまないことをしたという罪悪感が澱んでいて、それから逃れられないでいた。だが、ここには君子を思い出させるものは何もない。これからを考え、将来を想像しているうちに、引っ越しの疲れもあって眠りに陥ってしまった。

夏の夜明けは早い。雨戸をたてない部屋は、濡れ縁の前に並んでいる名前も知らない樹木を通し光が差していた。一人暮らしになってからは、朝食は神田駅前の定食屋ですますのが光雄の日課であった。小岩なら、起きて一時間もあれば朝食を終わって余裕をもって会社に入れたが、菅野からだと、バスに乗って市川駅に行き神田に着くためには、大急ぎで支度しても三十分は早くアパートを飛び出さないと間に合わない。生活習慣が変わった。

光雄は、三十前までには、平凡でいいから一般に言う普通の生活をしたいと考えていた。だが女体の魅力にひかれ、しかも思わぬ仕事が飛び込んできて、分にすぎる金が入ってくるようになった。大学時代はアルバイトで金を稼ぐのに苦労したのに、今は編集のアルバイトが入り夜まで仕事をして、若いサラリーマンの三倍、四倍近い収入をもらうようになったのである。遊び金は懐に十分にある。女に関心を持つ年頃であったから、たちまち甘美な女体に溺れてしまった。悠起子に会わなかったら、どうなっていたかわからない。相変わらず飲み屋を転々と飲み歩き、性欲を満たしているに違いない。

　菅野への転居は、結婚で必要に迫られたためとはいえ、新しい生活への第一歩を踏み出すことになった。梅雨はまだ明けてはいないが、さわやかな朝の空気を胸いっぱい吸って仕事に向かうと気持ちがいい。社会に出た初めのころを思い出す。昼間はスポンサー企業を回り、広告企画担当者に出稿の依頼をしているうちに、アルバイト先へ行く時間になる。電話で「直帰する」と連絡して別の会社に行き、依頼されている仕事に取りかかる。

　新居の一日目はあっという間に終わった。帰宅すると十時を回っていた。暗い部屋に入り電気をつけると、畳に何かが動いている。濃紺の畳のへりに白い線が残り、その先をよく見ると小さな虫みたいなものが這った跡である。線の跡をたどると、茶色とも鼠色ともつかない丸っこく胴が膨れた生き物が、ゆっくり動いていた。ナメクジであった。一匹だけではないだろうと畳のあちこちに目をやると、思ったとおりに、何匹か這った跡が白い粉のような線になって畳に残っていた。他には見あたらないから、その一匹だけのようだ。よく踏みつけなかったものだと、畳の上をゆっくり這っているそれを紙に丸め込んで、窓からイチゴ畑に放り投げた。キッチンに行き雑巾を持ち出して、ナメクジが這った跡を丹念に拭った。畑が目の前にあるから、そこから窓のレールの隙間を抜けて入り込んだのだろう。ナメクジのことが気になって、頭を離れない。寝ているうちにどこかからか出てきたらと考えると、畳では何となく落ち着かないからベッドに寝た。

次の夜も、ナメクジは出た。悠起子がその日はくると言っていたので、早めにアルバイトを切り上げた。ドアを開けると、畳に這いつくばって懸命に雑巾がけをしている悠起子の姿が目に入った。光雄はナメクジのことはすっかり忘れていた。

「どうかしたの？　畳は引っ越しのときよく拭いた。そんなに汚れていないはずだけど」

悠起子は光雄の顔を下から見上げ、雑巾がけを続けた。

「たいへん、ナメクジが這ってるの。それも一匹じゃないのよ。よく見ると三匹も四匹もいたの。ナメクジが這った跡は乾くと白く線になって残っていて気持ちが悪い。あなた、昨日はなんでもなかったの？」

言われて思い出した。昨日畳のへりにナメクジを発見、紙にくるみ窓から外に放り投げた。あのときは一匹であったが、よく調べたらまだ部屋の隅にいたのかもしれない。

「昨日、一匹いたので外の畑に棄てた。何匹も出てくるとは思わなかったよ。このアパートは畑をつぶして建てたという話だったから、整地が悪かったのかもしれない。うちより先に入居した手前の若夫婦の部屋はどうなんだろうね」

「明日にでも訊いてみる。ナメクジは気持ちのいいものではないわね。あっちこっちよく調べたから、もう大丈夫」

近くの銭湯に揃って行き、戻るとベッドにもぐりこんだ。小岩では、君子が借りた部屋であったから、結婚が決まって何回か悠起子がきても体に触れることはなかった。君子の想い出がどこかに残っているようで、悠起子に悪くて抱きたくても抑えていた。初めて悠起子に触れたのは、結婚を決めた後しばらくして彼女の部屋を訪ね、その夜泊まったときである。

炬燵に入りお茶を飲んでいる悠起子をそばに引き寄せ、唇を合わせた。二度目の接吻であったが、受け止めた悠起子の動きはぎこちなく硬かった。社会に出て十年は経つ。男の経験はあるだろうが慣れた仕草ではない。光雄は、悠起子の過去を問うつもりはないが初々しさがあってうれしかった。

「泊まっていく？」

体を離すと、悠起子が訊いた。「うん」という光雄の返事に炬燵を片付け、手早く布団を用意した。光雄が待っていると、浴衣に着替えた悠起子が入ってきて体を寄せた。漏れる息が熱い。光雄は乳房に触れ、胸元からゆっくり掌に乳房を包み込んだ。接吻に感じたが、やはり悠起子は男には未経験同然であった。正江や君子の燃えるような官能を求める反応はなかった。光雄が初めての男といった感じで、新鮮であった。正江や君子は性感の高まるままに情欲が反応して、光雄の単純な欲望に火を注いだが、悠起子は取りすがっているだけである。それでも、光雄は満足であった。

何回か悠起子の部屋に泊まったが、いつも布団にくるまって寝ていた。ところが今はベッドの上にいる。引っ越しのときに、ベッドが悠起子の部屋の押入の奥にしまってあるのを目にした。四畳半の和室では置き所がないから解体して格納してあったのだろう。今こうしてベッドに寝るのは初めてだ。しかも相手は悠起子である。お互い忙しく、夜を共にするのは久しぶりであった。しばらく離れていたので、狭いベッドで悠起子を抱いたときはわけの分からない安心感がゆっくり光雄を包んだ。いとおしむように悠起子を愛撫しているうちに、欲情は満たされて充足感が眠りを誘った。悠起子も、満ち足りたのか光雄の耳元で安らかな寝息をたて始めた。

悠起子は結婚式まで、三日とか一週間おきに、新生活に必要なものをそろえるため通ってきた。その間もナメクジはどこからともなく現れ、畳を這ったという印の白い線を残した。そうしたことが毎日のように続く。「志ん生の落語のなめくじ長屋」みたいだ、と笑ってすませるわけにはいかなかった。光雄の休みの日に悠起子とベッドを片付け、本格的にナメクジの除去、退治に乗り出した。手前の部屋の奥さんは「うちは最初からナメクジは出なかった」と言う。アパートを建てる前は庭木が何本かあって、光雄の部屋の下に巣を構えていたのかもしれない。木はなくなったが、巣はそのまま残っていて、誰もいないときを見計らって這い出してくるのかもしれない。踏みつけるのは気持ちが悪いので、朝目が覚めるとベッドから畳を見渡し、ナメクジがいないか、這った跡を確認して起きた。夜帰宅して駆除しても、朝になると這いまわった形跡が白い罫線になって残っているのだ。駆除できないか考え、大家さんのうちに相談に行った。ナメクジ出現で困っている、畳を上げ新聞紙を敷こうと考えているがどうでしょうか、と言うと、大家はあまり驚いた様子ではなかった。あそこはナメクジの好きな木があったもんなあと呟き、うちに殺虫剤があるから撒きましょう、その後新聞紙を敷いたらいいでしょう、と言って手伝ってくれた。人手が増えて早く終わったが、気疲れも出て二人とも座り込んでしまった。それからも何回か出たが、一週間もしないうちに完全に出なくなった。その間に、季節は秋の中旬から初冬に向かおうとしていた。

結婚式の仲人役は支社長の藤波が引き受けてくれて、無事に終わった。

それから一年半、穏やかに月日が流れた。商品カタログ編纂の仕事も、遅れていた一社が結婚の翌年十月、その会社の創業記念日を前に完成した。毎月の手当とは別に、まとまった金をボーナスのような形でもらった。貯金らしきものがなかったので気分的にもひと息つけた。光雄がもらってきた小切手を悠起子に渡すと、悠起子は給料の三、四カ月分にもあたる金額が印字されていたので、しばらく小切手に見入ってから、「こんなに」と何度も言い、信じかねるような顔をした。光雄は悠起子の喜ぶ顔がうれしかった。

この金が元手になって新しい生き方が模索できると考えた。以前から頭の中を走り回っていた転職や起業を、この頃から本格的に考えるようになっていた。このまま今の会社にいても将来に希望は持てない。仕事をしていなくても適当に得意先に顔を出していれば一日が終わる。もっぱら午後は外回りに出て、喫茶店で漫画本や週刊誌を読んで時間をつぶす。頃合いを見計らって帰社して、日報を書き五時半を過ぎるとアルバイト先に出向く。それからが本当の仕事であった。取扱商品の説明やページ内での商品配置などに取り組んだ。他社の仕事をしているのに、熱が入って、どうしたら業者に分かりやすくアピールできるかといろいろ画策する。どこの会社の仕事をしているのかわからなくなる。それでも充実感はあった。だが、所詮は頼まれた仕事をしているだけである。

そんな気持ちを悠起子に話し、密かに取り組める仕事のプランを考えていた。悠起子も、彼女なりにパートでできる仕事について考えているようであった。これまで外を飛び歩いてきたのだから、一日中家にいるのは彼女にとって耐えられないときがくるに違いない。結婚してあまり時がたっているわけではない。主婦としてやらなければならない仕事に気持ちを打ち込んでいる。ゆっくりする時間はあまりない。それでも、光雄が早く帰って一杯飲みながら夕飯を食べているときなど、これからのことが話題に上がる。光雄も悠起子も、それぞれ考えていることを語り合う。悠起子は活動的な性格だけに、光雄の気持ちを理解できた。お互い考えていることは同じだが、職種を何にするかで壁に突き当たる。夢みたいなことであっても、語り合うことに飽きなかった。

光雄には本来気ままで無責任な面がある。結婚してよかったのは、心が満ち足りた状態でいられることであった。一人でいたときは孤独に耐えかね、つい飲み屋に出かけてしまう。これでは人生を無為に過ごしてしまうとわかっていながら、夜になると飲み屋に足を向ける。それがなくなり、夜を落ち着いて過ごすことができた。悠起子といると満ち足りた気分になるのだ。この幸せをさらに広げていかなくてはならない。

悠起子は物欲のない性格であった。宝飾類や着るものにもあまり関心がないようで、欲しいという様子を見せない。結婚指輪を渡していなかったので買おうと言うと、「私は指につけないから無駄、そのうち欲しくなったら買ってくれればいいわ」と言うだけであった。光雄は結婚指輪をつけてもらいたかったが、無理を言って気分を損ねるより、時期を待つことにした。歳の割には収入に恵まれていたので、高価なものは別としてある程度のものは買えたのである。一般的に女性は結婚指輪をつけるのを当たり前としているようだが、悠起子は違っていた。と言って何かを欲しがるわけではなかった。光雄は物足りない気分であったが、物欲に恬淡としている心根がうれしかった。

悠起子は、思っていた以上の相手であった。最初の印象は、少しばかり男っぽくて可愛げのない女であった。女おんなしているより個性的できついほうが光雄の好みで、悠起子はその意味では適っていた。知り合った頃と結婚した後も変わらない。気性はさっぱりしていて、冷たい女と思わせるくらいであった。光雄の中では、女性は男に甘え優しくもたれかかってくる、というイメージが作られていた。正江や君子は年上でベタベタ甘えることはなかったが、それでもどこかに媚びるところがあった。悠起子にはそれが一切ない。物足りなさを感じることもあるが、いつも近くにいるのにまとわりつくことがない。休みの日、商店街で買い物をするときなど、肩を寄せ合って品定めする、女らしさがのぞくのはそんなときくらいである。

帰りが遅いとか、どこかに出かけようと言われないのも、光雄には都合がよかった。仕事はデスクワークではない。得意先を飛びまわり、新しい取引先の開拓に業者から業者を回るから、休みは家でくつろいでいたかったのだ。昼も夜も外食が多いから、休みにはゆっくり悠起子と部屋で食べるほうが落ち着いて美味しいのであった。幸い悠起子は料理が上手で、光雄は週に一度か二度の家での食事を、酒を飲みながら、先々のことを語りあい楽しむのが最も落ち着けるのであった。

そんなときには、今の会社を辞め新しい道を探したいと漏らすことがあった。まだアルバイトは一社続いており、本業も取引先が徐々に増え給与も増えていた。アルバイトぶんの金は手つかずにそっくり残ったから、会社を辞めても当分食いつないでいける。今のまま会社にいても、収入は増えるだろうがサラリーマンで一生を終わるだけだ。何を目当てに東京に出てきたのか。兄弟の援助で大学を出たのも、独立して自分らしい仕事をするのが目的ではなかったのではないか。悠起子に会わなければ、女遊びに本来の目的を見失い、抜き差しならぬ泥沼にはまるところであった。そう思うと、光雄はじんわりと冷や汗がにじみ出てくるのであった。

新しい仕事に飛び出すきっかけがやってきた。光雄のほうではなく、悠起子にであった。二人が住むようになって三週間ほどたった、十一月のことである。二十歳を少し出たくらいの、スタイルのいい色白のかわいい顔をした女の子が、真ん中の部屋に入居してきた。物怖じしない人馴れした様子から、水商売で働いているのではないかと見ていたが、やはりそうであった。誰かと住んでいるようではないが、夜遅く男と帰ってくることがある。男にはやくざ者の気配があったが、顔を合わせても格別気になるような、それらしい態度を見せたことはない。夜遅く、二人の高い声や物音が壁を通して聞こえてくるのが、うるさいといえばうるさかった。借家に入ればそんなことは常識で、しばらくの間は耳についたが、悠起子も光雄もすぐ慣れてしまった。

若い女の子は、マリちゃんと呼ばれていた。越してきて何日もしないうちに悠起子と口をきくようになり、親しくなった。悠起子には人を惹きつける何かがあるようだった。誰とでも気安く話ができるようだ。都会っ子の持つ人馴れした明るさがあった。マリちゃんが挨拶かたがた近づいてきて、親しく話をする仲になったようだ。

最初に入居した奥さんも若い。夫は印刷会社勤務の職工で夫婦とも地方の出身者のようで口が重い。奥さんとは世間話くらいしかしないが、マリちゃんとは違った。彼女は人懐っこくて、悠起子を「お姉さん、お姉さん」と言ってなにかと部屋にくる。彼女の彼氏がやくざ関係とわかったのも、そんな調子で自分から喋るので知ったのである。やくざやテキ屋と言われる連中は、普通に付き合っているぶんにはいざこざに巻き込まれることはない。市川駅のマーケットで光雄はチンピラの若者と飲むことがあり、彼らの気質を知っていたから、マリちゃんの彼氏に偏見を持つことはなかった。顔を合わせれば、気軽に言葉を交わした。

悠起子は、一日中家にいてもやることがなかった。撮影会関係の仕事は、結婚してからは、世話になったとか義理があるなどの相手は別として、辞めていた。撮影会はおおまかなスケジュールで行われるから、帰宅時間がはっきりしない。ときには少し遅くなれば食事に誘われることもある。帰宅時間が不定期になるのもやむを得ない。そんなことから、光雄に気を遣うのは嫌なのだろう、自然に辞めてしまった。狭い部屋では、掃除も後片付けもたいして時間はかからない。用がなければ外に出かけない限り、部屋にじっとしているのは苦痛だろう。毎日のようにきていた利恵も、光雄に気がねしているのかあまり姿を見せなくなった。昼間はマリちゃんがきて雑談で時間つぶしができるが、光雄のアルバイトのある日は、一人で食事をして帰宅を待つしかやることはない。裁縫とか刺繍などの趣味があれば別だろうが、そうしたことは苦手のようであった。外で飛び歩くような仕事が悠起子には合っているようだ。口にはしないが、話をしたり、聞いたりしているとそんな感じがした。

アルバイトの予定のないある日、夕食のとき一杯飲みながら、光雄はこれから先のことについて悠起子に話した。

「今の仕事で終わりたくない。せっかく東京に出るチャンスをつかんだのだ。転職して新しい道を歩くことはできないかなあ。今考えているのは、ほかの業界新聞に移り昼はそこの仕事をして、夜はバーかスナックみたいな水商売をするとか、無理かなあ」

「昼間も夜もでは、体に無理がくるよ」

「やり方次第でなんとかなると思う」

「確かに、何もしないより、やってみるほうが道は開けるかもしれないね」

悠起子も、部屋でじっとしているより外で仕事をしているほうがいい、自分に合っていると考えているのかもしれなかった。

そんな話をして何日かたったとき、マリちゃんが悠起子にアルバイトの話を持ってきた。

「あたし、バーのお手伝いに行こうかしら。どう思う？」

帰りが遅かったので、急いで銭湯に行き汗を流してくると、光雄が落ち着くのを待っていたように悠起子が切り出した。突然のことで何を言っているのか、光雄はすぐには理解できなかった。怪訝な面持ちで何を言いたいのだろうと悠起子の顔を見た。

「昼間、マリちゃんがきて、お店が忙しくてたいへんなのよ、お姉さんだれかお手伝いにきてくれる人知らない、と訊かれたの。それで、経験はないけど遊んでいることだし、あたしでよかったら今晩うちの人と相談してもいいわよ、と返事したの。どうかしら」

店にもよるが、水商売、しかもバーは客の種類にいろいろ問題がある。光雄は気が進まない。客の相手をするだけではすまない。馴染みになれば看板の後の付き合いもするようになる。光雄はかつての自分に振り替えて、それがよくわかる。断ったほうがいいと言いたいのだが、一日中家に縛りつける格好になっているのも可哀そうだ。マリちゃんがいるから、やってみるのもいいのではないか、と思った。

光雄自身、今やっているアルバイトの仕事も終盤にきているから、近いうちに終わる。手が離れれば、新しい仕事について模索できる。会社勤めは体力的には厳しいが、商売としては半年くらい見習いに入り経験を積めば、なんとか素人でもやれる商売があるのではないか。経験を積んでおくのも無駄ではない、と考えた。悠起子がバーの手伝いを頼まれたことはチャンスかもしれない。光雄は本音をあからさまに言い出しかねて、曖昧な返事をした。

「水商売はあまり気が進まないが、単なるお手伝いなら、うちにいるより気分転換にもなるからかまわないよ」

「マリちゃんが一緒だし、時間も十一時まででいいから、と言っているから、やってみようかな」

「俺はよくわからないから、嫌ならすぐ辞めるつもりで軽く考えて決めたらどうなの」

本当は相談する必要はないのだ。悠起子の気持ちはすでに決まっているに違いない。好奇心が旺盛で積極的に動くタイプである。旭屋でも、店が忙しいとカウンターキッチンに入って手伝い、けっこう楽しんでいた。見知らぬ人の間にいるのも苦ではないようであった。光雄の性格とはまるで反対である。光雄は人見知りするし引っ込み思案が多い。小心で前向きでない自分に比べ、何事にも前向きに行動する悠起子がうらやましかった。

翌日、帰宅すると部屋は真っ暗で誰もいない。洋服ダンスが二本並び、ベッドがソファの形で壁際に納まり、真ん中には炬燵がいつもの場所に収まっている。悠起子の姿だけがなかった。時間もいいかげん遅いのにどこに行っているのだろう。炬燵の上に白い紙片が載っていた。手に取ると「マリちゃんのお店に行ってきます。少し遅くなるかもしれません」とメモ書きしてあった。光雄はすっかり忘れていたが、昨日の夜、マリちゃんの店の話をしていたのを思い出した。昨日の今日である。今日から手伝うとは思いもしなかったので、意表を突かれたようでおもしろくない感情が走ったが、光雄にしても仕事柄、今は行き違いの多い生活をしているのだ。こんなことがあっても仕方がないという気になり、風呂に出かけた。

晩秋の夜気は初冬といっていいくらい冷え込む。月も高く冴える。光雄の突っかけサンダルの音が街灯の薄明るい空間に低く響き、住宅の間に吸い込まれていく。肩をすぼめ、住宅の両側から高く伸びた木立が覆いかぶさるような路地を、風呂へ急ぐ。結婚してまだ二カ月足らずなのに、悠起子が部屋にいて光雄の帰りを待つのは当たり前になっていた。いつも部屋で待っているものと無意識に決め込んでいた。籠の鳥ではないのだから、外へ出たいときは出るのが普通の夫婦は日常である。そんなことはわかっているのに、物足りない気持ちになる。孤独感に襲われる。こんな気持ちになるというのは、それだけ悠起子が必要な存在という証なのだ、と光雄は自分に都合のいい解釈をして満足した。

風呂から戻ると、ドアの隙間から明かりが細く廊下にこぼれていた。悠起子が帰宅しているのだ。部屋に入ると、テーブルにお茶の支度をしていた。光雄はいとおしさが胸にこみあげるのを懸命にこらえた。長い間離れていた気分であった。背中に回り黙って抱きしめた。

「マリちゃんの店に今日からお手伝いに行ったの。留守してごめんね」

「メモがあったからすぐわかったよ。それでも昨日話をしていたばかりなので、帰ってきたときは驚いた。どうだった？」

「客商売ははたで見るよりたいへんね。特にバーは、考えていたのと勝手が違い、初めのうちは面食らってお店のママに迷惑かけた。マリちゃんがいろいろ助けてくれるのでなんとかやれた。中に入らないとわからないもんね」

「経験がないんだから気疲れしただろう」

「本当は今日から働くつもりじゃなかったのよ。ママさんに挨拶してどんなお仕事か見るだけでいたら、ママさんが、『ちょうどよかった。常連客が会社の人を連れて行くからテーブル頼むよと電話してきて、人手が足りないので心配していたところよ。人手が欲しいから今日から手伝ってちょうだい、早速で悪いけどお手伝い頼む』と言われて、急いで戻ってきて出直したのよ」

お茶をいれながら、黙って家を空けたのが気になるのか部屋を空けた事情を説明する。

光雄はお茶を飲みながら話を聞いていたが、外から見るのと中からでは大違いだなと思った。

「今日は夕方からの仕事がある日だったから、帰ってきたのは遅かったんだ。それより慣れないからたいへんだっただろう」

「そうね。考えていたのと勝手が違い、初めのうちは戸惑ったけど、なんとかやれたわ。帰りに今日のぶんとママに手渡されたのを見たら、それがけっこういいお金でびっくりしたわ」

千円札と百円玉を何枚か取り出して、光雄に見せた。久しぶりに人中に出て楽しかったようで、興奮が残った話しぶりであった。

光雄のアルバイトは、毎日だったのが一社は終わっているので一日おきに遅くなる。その日だけどこかで夕飯は食べてくればすむことで、何年か前まで外食していたから苦にならない。アルバイトのない日は悠起子がバーに行く前に用意するから、不自由はない。帰れば夕飯は炬燵のテーブルの上に用意してある。

働くようになってから悠起子は生き生きして、以前のように活発な女に戻った。悠起子が新鮮に映り、うれしかった。結婚すればいつの間にか所帯じみてくるのが、光雄は嫌いであった。家庭に入ればそれが当たり前でやむを得ないかもしれないが、せめて生き生きしていてもらいたいのである。光雄は、追っかけたくなるような魅力が女には欲しいのだ。

悠起子の出産

平々凡々川の流れに従うように、一年は瞬く間に過ぎた。秋に悠起子の妊娠がわかった。その前に一度流産しているので、大事を取ってバーの仕事は十二月で辞めた。初めての妊娠が流産という結果になったとき、光雄にはそれほど大きいショックはなかった。悠起子のほうがあまり神経を使わないで動き回っていたのでしきりに反省していて、いつもさっぱり次へ進むのがしばらくの間気分が落ち込んでいた。光雄は、悠起子に何もしてやれないのが心に残った。そのうち、二度目の妊娠をした。悠起子がうれしそうに光雄に告げたとき、今度は慎重に、無理のないようにしようということが一番先に頭に上ってきた。本音は飛び上がって喜ぶほどのうれしさはなく、心配ばかりが頭の中をぐるぐる回った。

妊娠を聞き真っ先に頭に浮かんだのは、住まいのことである。狭い六畳一間で赤ん坊を育てるのはたいへんだ。なにかとやりにくいだろう。もっと住みやすい場所を探さなくてはと、光雄は、住宅公団の賃貸アパート募集に応募はがきを出した。四、五回目までは当選を期待し、「今度は当たるよ」と悠起子に言ったがいつも外れるので、いつしか悠起子は関心を示さなくなった。それでも光雄は諦めずに新聞で募集の記事を見つけ、九段の住宅公団に出かけて応募用紙をもらい、はがきを出した。通勤に便利のいいところを狙っていたが、募集先は都心を離れ遠方になった。たまに近いところがあっても、競争倍率がすごい。光雄は昔からくじ運が悪かった。諦めようとも考えたが、十五回以上応募したら優先的に当選率がよくなるシステムになったので、回数稼ぎを兼ねて毎回応募した。光雄には初めてのこととはいえ、赤ん坊が生まれるということの喜びがあまりわかっていなかった。最初の妊娠が流産になったときも、お腹の赤ん坊を思うより悠起子の体調のほうを心配したほどで、妊娠が女にとってたいへんなことと理解するまでに時間がかかった。光雄自身が大人になっていなかったのである。それでもなんとか手助けできることはないかと考え、とにかく部屋をもっと住みやすくしようと公団のアパート募集に応募したのである。十数倍、二十倍以上の抽選に当たるのはよほどくじ運がいいやつだと当てにしてはいなかったがトライしないことには当たるものも当たらない。応募用紙を投函したと悠起子に話をしたら案の定、「あんなのは当たらないのが当たり前なのよ」と言うだけで笑っていた。

それでも懲りずに五、六回続けて応募に投函してきた。思ったより急な九段の坂道を登りながら、これで止めよう、今度で終わりにしようと呟き応募用紙を投函した。

妊娠した悠起子は、やや太り気味の体型のためお腹はあまり目立たない。年内いっぱいバー勤めをしたが、ママやマリちゃんのほかは妊娠していることは知らなかった。客扱いに慣れた悠起子を目当てに通ってくる客もいたので、店では辞めるのを残念がったが、流産を経験しているから無理に引き留めもできない。悠起子も同じ愚を繰り返したくないのと、水商売にはいつまでもいるべきではないと常々考えていたので、いい潮どきであった。

幸せな気分で、結婚二年目の新しい年が明けた。一緒になって一年半にもなろうというのに、家には悠起子が待っていると思うだけでわけもなく心が躍る。帰宅途中一杯飲んで帰ろうという気は、消えたのか飲み屋を忘れたのか、おきなかった。部屋にはいつでも飲みたいときに飲めるように酒は置いてある。ときどき悠起子の腹をなでると胎児が動く。かわいいと思うよりも、生きることは生々しいことだと考えて、出産のたいへんなことが光雄にもわかるような気持ちになる。

出産は東京歯科大学の市川病院でと決めて、定期的に診察を受けていた。アパートからバスで十五分くらい、タクシーでもいくらもかからない距離で、出産後も通わなくてはならないから便利であった。

光雄は、子どもへの感情が日とともに微妙に変化した。妊娠当初は世間でいうほど強い期待や喜びを覚えなかった。男と女が睦みあって暮らすだけで満足していた。父親になる意識も心の準備もなかった。甘い新婚生活から抜けきっていなかった。子どもが生まれるなんて頭の中にかけらほどもなかった。妊娠して半年すぎに、悠起子が高熱を発し医者のところに駆け込んだ。すると、

「飲み薬ではきかないので注射を打って解熱させるが、お腹の子に影響が出るかもしれない。生まれる子の脳に障害が生じる恐れがある。今ならなんとか中絶できるが、どうするか」

と言われた。万に一つでも、生まれた子に障害があれば親も子も一生それを抱えて生きなくてはならない。それを考えるとどうしたらいいか決めかねた。しかも一度流産しているから、光雄は悠起子に口だす勇気がなかった。悠起子の判断に任せ、結果は神様次第と決めた。そんなことがあってから、子どもへの関心が高まり愛情が強くなった。

予定日が近くなるとお腹の子がよく動く。二人で座っていると、今動いた、お腹を蹴った、触ったらよくわかる、と悠起子が言うが、触れてもそれが胎児の動きとは確信できな

かった。それでもわかったふりをしないと悠起子に悪いと思い「元気そうだ」と相槌を打つ。

赤ん坊は時期がくれば生まれるものと安易に思っていたが、妊婦にはいろんなことが起きるのを知った。高熱も乗り切って安心していたら、産道が狭いから出産は母体を傷つけ、胎児にも危険が及ぶこともある、と言われ、医者からは帝王切開が安全と勧められた。手術の安全性は確率が高いと言われても、初めての経験である。自然分娩を選ぶか、手術にするか悠起子は迷っているだろうと思っていたが、答えはあっさりしたものであった。

「自然分娩は産気づいて病院に行くまでハラハラしなくてはならない。手術は予定日に合わせて入院、一日か二日後に行われる。先生の勧めもあるので手術にしたわ」

光雄の懸念など杞憂であった。

「ただ、手術は自然分娩に比べ退院まで日数がかかり、余計に入院しなくてはならないそうよ。お金もかかることだからどうしますかと訊かれたけど、産道が狭くて出産の途中万一のことが起きると手術に切り替える場合があるというので、それなら初めから手術のほうが心配しなくてすむ。先生は縦の切開でなくて横だから傷跡も目立たない、と説明してくれたわ。どう思う？」

悠起子に意見を求められたが、光雄には何もかも初めてで返事のしようがない。二人で出産について本から知識を得ただけなので、産婦人科の先生に頼るしかないのだ。出産の経験者が近場にいれば頼れるが、誰もいない。病院の先生の言葉を信じて従うことにした。結果は手術に決まった。

入院の数日前、光雄は悠起子について行って執刀医の先生に挨拶した。先生は五十歳前後、光雄の身長一メートル七十を超え大柄で、前頭部が少し禿げ上がりつやつや光っていた。持参のウイスキーを差し出して、

「よろしくお願いします」

と言うと、

「や、これはありがとう。私の好物だ。まあ手術のほうはぜんぜん心配ない。奥さんの健康状態もいいし、体格もいいから、術後の回復も早いよ」

二人に笑顔を見せながら、気さくに話してくれた。その頃ウイスキーは貴重品でなかなか手に入らなかったのだ。

入院の日、手続きをして看護婦の案内で悠起子を病室に送っていくと、そこは個室であった。手術の後付き添うのにいいから個室を選んだのだろう。すべて悠起子に任せていて、

後をついて歩くだけであった。悠起子は勤めていたころ肋膜でしばらく入院を経験しているから、少しお金がかかるけど同室者に気がねしなくてすむ個室にした、と話した。光雄にはありがたかった。病室の出入りに気を遣わなくていいし、補助ベッドがあるから何かのときは泊まることができる。

夕方まで病院にいて、足りないものを売店から買ってきたり、悠起子の相手をしたりして過ごし、真間駅の近くの食堂で夕飯をすませて帰宅した。真間駅では正江を思い出し、すまなかったなと胸の中で謝った。今晩は診察もない、誰もこないから泊まっていけばと悠起子は勧めたが、慣れないことばかりで神経が疲れ、アパートの狭い部屋で思いっきり手足をのばして休みたかった。

あの頃が一番幸せだったのかもしれない。ひかりの座席にもたれかかり目を閉じていると静かな市川の住宅街や歯科病院の産科で出産は大丈夫だろうか。後遺症は、など心配して会社、アパート、病院を行き来した光景が浮かんでくる。強い寒風も気にならず肩をちぢめて何度も往来した。過ぎ去った昔を知らず知らずのうちに追っている。

手術は二日後の午前中である。悠起子のいなくなったベッドに一人で横になっていると、これまでの様々なことが浮かんでは消え消えては浮かび、ここまでなんとかきた、運が良かったのだと思い出される。過去の全てに感謝したくなる。とにかく早めに病院に行かなくてはならない。明日は医者や看護婦が全部やってくれるから、光雄は飾り人形のようにそばにいるだけである。それでも何か、準備の手落ちはないかなど、どうしようもないことが頭の中を行ったりきたりした。寝つけないままに朝を迎え、出勤日は睡眠不足の重い頭で会社に行き、外回りから、午前中に電話を入れて病院に行くと連絡したが、気持ちが落ち着かない。アルバイトのない日であったので、そのままアパートに戻った。

出産の日、二月にしては暖かく風もない。冬らしい透明な青空が高く広がっていた。手術は十時頃と言われていたが、早めに病院に行くと、悠起子は落ち着いてベッドに座っていた。準備はすっかり終わっていて、看護婦が寝台車を持って迎えにくるのを待つだけであった。

「気分はどう？」

「大丈夫。昨日の夜もよく眠れたわ。あなたの帰った後、美智子がきて世話してくれたの。今日も後でくると言っていたわ」

美智子は悠起子が妹同然にしている女性で、市川のアパートで二度ほど顔を合わせたことがある。背が高くスタイルのいい、髪を長く垂らした美しい顔が印象に残っている。悠起子が彼女とどこで知り合ったのか、人のことを詮索するのはいやだからどんな付き合いなのかはわからない。利恵と同じように、悠起子の友だちの一人という気持ちで接していた。浅からず深からずであれば、それほど気がねすることもない。

帝王切開はあっけないほど簡単であった。手術と聞けばメスが体に入るので、どうしても心配になる。落ち着かず立ったり座ったりしながら病室で待っていると、看護婦がきて「生まれましたよ。男のお子さんです。こちらにきてください」と声をかけた。急いでついていくと、待つほどもなく、寝台車に乗せられて悠起子が手術室から出てきた。

「頑張ったね。よかった」

声をかけると、まだ麻酔が残っているようで、血の気を失った青白い、ぼんやりした顔に微笑を浮かべた。横には赤い顔の赤ん坊がいた。医者は自然分娩より簡単で安全と言っていたが、全くそのとおりで、悠起子の様子には大手術をしたような印象はなかった。

午前中付き添っていたが、光雄が手伝えることは何もない。お茶をいれたり話し相手になったりで、ときどき見回ってくる看護婦がそのつど用をたしていく。退屈なだけで、午後になった。悠起子は、疲れが出るのかときどき眠りに入る。光雄は、ベッドの横で週刊誌を開いたり閉じたりして時間をつぶしていた。それにも飽きて「会社に顔を出してくる」と言って、病院を出た。

病室にいる間は悠起子と赤ん坊を見ているだけで、外のことはわからない。病院を出て真っ先に感じたのは、空気が違うことである。薬品のにおいとなんとなく病人臭さに閉じ込められている状態から抜け出せたような気持ちになった。赤ん坊が無事に生まれたことの喜びに胸が熱くなるのが先であるはずなのに、つまらないことに神経が働く。情けない男だなと思った。外に出ると、身体が軽くなった気がした。あれだけ医者が帝王切開なんてたいした手術じゃない、と言ってくれたのに、出産も初めてであるし、その前には流産もしている、高熱も出した、心配ごとがいろいろあったので、まともな考えができなくなってしまったのかもしれない。朝方は穏やかであったのに、外は、急に吹き出した風で寒いが、空一面青空で、胸を張って吸い込むと気持ちが良かった。春が目の前にきているといってもいいほどの気候であった。父親になったのだと思うと、気持ちが引き締まった。

「男の子かあ、よかった」

戦後は「家」ということにあまりこだわらなくなってきていた。それでも、なんとなしに跡継ぎが欲しいという気持ちが働いていたのだ。俺も古い人間だなあ、と苦笑が湧いた。同時に安心感がじんわりと広がった。

産まれる前までは、悠起子と、男だろうか女の子かもしれないなどと語り合い、とどのつまりは五体健全ならどちらでもいいと話していたのに、現金なもので、男の子とわかると喜びが違うのだ。自分でも勝手な男、と歩きながらひとりでに笑みがこぼれる。

不確かな先行きに、なんとかなるさ、といいかげんに過ごしてきた何年間かを顧みると、あの頃今日のような日が訪れるとは夢想だにしなかったことである。真剣に将来を見据えなくてはならないときがきたのだ。生きることへの意識が従来のようではすまされないと、変わっていくのが体全体にしみこんでいくのがわかるのだ。

会社に行き、男の子が生まれたと報告すると、今日は何もない、奥さんについていてやれと言われて、そのまま病院にトンボ帰りした。病室に近づくと、中から賑やかな笑い声が聞こえてきた。美智子がきていて、なにかと悠起子の世話をしている。光雄は傍で見ているだけで、手伝うことは何もない。赤ん坊はいなかった。殺菌された別室で看護婦が見ているのだ。悠起子は、起き上がることは無理だが、元気になって普段どおりに喋っている。麻酔が覚めたあと手術したところが少し痛んだようだが、鎮痛薬はできるだけ飲まないほうが傷跡の治りが早いと言われ、手つかずで枕元にあった。光雄は所在なく、窓越しに陽だまりの枯草の中にところどころ緑が鮮やかな雑草の庭を見ていた。ノックの音がして、利恵が荷物をいっぱい下げ現れた。彼女は面倒見のいい女で、光雄が悠起子と付き合いだしたころからなにかと気遣いしてくれた。初めのうちは旭屋のおばさんから光雄のことを聞いて、年上の女がいるから深入りしないほうがいいなどと悠起子に言っていたようだが、君子と別れて結婚話が出るようになると、今までの経緯はけろりと忘れたように、光雄にわだかまりのない態度で接した。

利恵が持ってきた荷物は食事代わりの食べ物であった。利恵は陽光荘で悠起子と同居同然の付き合いをしていたので、好みを熟知しており、傍のワゴンテーブルに取り出し並べたものを見て、悠起子はことのほか喜んだ。三人の女はおしゃべりに夢中で光雄の存在なんかないも同然であった。光雄は会話の中に入っていけない。女たちの話を聞いているよりなかった。手持ち無沙汰で、じゃまな存在だと勝手に決めた。

「利恵さんや美智子さんがいるから、俺、帰るよ。後は心配ないだろう？　明日の朝、顔出すからね」

いつ終わるかわからない女三人のお喋りを聞いていても退屈なだけである。

悠起子に声をかけ、利恵と美智子に後を頼んで病室を出た。

アパートに帰るのには早すぎる。食事もまだだった。病院は旭屋とアパートの真ん中くらいの場所、近くに商店はない。旭屋までなら、歩いても二十分くらいだ。おばさんにはなにかと世話になったが、行けばいろいろ聞かれる。会田も、光雄の後を追うようにして結婚してしまった。どこか知っている店がなかったかな、と歩いているうちに、真間駅の近くまできてしまった。この辺なら蕎麦屋くらいはあるだろうと、商店街を見回しているうちに、駅からそれほど遠くないところに、光雄や会田がいなくなった後、旭屋でよく一緒に飲んだ天ぷら職人の塚本が、所帯を持ち家庭料理の天ぷら屋を開いたというのを思い出した。真間駅から十分もしない。陽が落ちるまでにはまだ間があるが、店に入れてくれるだろうと考え、天ぷら屋に足を向けた。塚本なら相手になってくれる。一杯飲みながら昔話でもしているうちに時間が経つ。ほろ酔い気分になり、それから帰っても後は寝るだけだから、退屈しなくてすむ。

ある程度予想していたが、客はいなくて、塚本がカウンターの中程につくねんと座って、二、三日遅れの古新聞に目を通していた。お愛想やお世辞の言える男ではない。光雄は塚本の気質をよく知っていた。日本橋の一流の天ぷら屋で修業しただけに、相当の腕前である。根は気のいい職人だが、酒が好きで一杯入ると商売を忘れ失敗を繰り返す。市川駅の近くにある天ぷら屋でも働いたが、長続きしなかった。光雄は塚本と変に気が合って、旭屋で始まってはしご酒を何回かやった仲である。

引き戸を開けて中に入る。塚本はいらっしゃいより、まず黙って客の顔を見る。いつものことだから、光雄は驚かないし気分を害することもない。

「よう、元気かい。しけた顔してるなあ」

細長いカウンターだけのうなぎの寝床みたいな場所の丸椅子に座った。客が誰か気付いたようだ。

「いらっしゃい。なんだ、光ちゃんか。ここんところあんまり顔見ないが、旭屋に寄っているのかい」

外の光は西日に変わり、背に当たっているので、うす暗い部屋の中からは光雄の顔が見づらかったようだ。

「もう旭屋にも一年以上ご無沙汰だ。聞いているだろうが、女房もらったんだ。今は菅野にいるよ」

「俺もそうだが、みんな女房持ちになったんだなあ」

るかい」
「会田も俺の後すぐ結婚して、恵比寿に引っ越してしまったもんね。誰か知ってるやつく
「あんまり顔見せないなあ。旭屋もお客が入れ替わっているから、顔知っているやつほと
んどいないよ。あそこのおばさん、もう少し気をきかせて俺のとこにお客回してくれたら
いいのになあ」
「甘い甘い。あのばあさん、親切そうだがそんなことしないよ。がっちり自分のところに
押さえ込んでるよ」
「酒でいいんだろう?」
塚本は銚子に酒を注ぎ、湯気の立っているやかんに入れた。
「酒のつまみは、久しぶりに塚さんのうまい天ぷら頼むよ」
塚本は光雄があまり酒の肴は口にしないのを知っているから、いか、蓮根、かき揚げを
天ぷら鍋に放り込んだ。じゅっという音とともに、油の香りのいい匂いが立ち上った。
「今日は何か、こっちのほうに用でもあったのかい」
天ぷら鍋の中に箸を入れゆっくり動かしながら、訊いてきた。
「うん、そこの先に東京歯科大の病院があるだろう。あそこに女房が入院しているんだ。

実は昨日子どもが生まれてね」

「そいつはおめでとう。うれしいね。天ぷらとこの一本は、俺のおごりだ。今日は急がないんだろう。ゆっくり飲んで行けよ。俺も付き合うから」

塚本はやかんから燗のついた銚子を引き出した。光雄にぐい飲みを渡しお酌をして、ついでに自分のものも持ってきた。

「乾杯。改めておめでとう」

言うなり、ぐいっと一息に流し込んだ。まだ宵の口までいかないのに、うまそうに頬が緩んだ。奥にいたおかみさんの表情がうんざりしたのが、光雄の目に入った。

「俺はお客さんだからいいが、塚さんは仕事なんだからな。無理して深酒になるなよな」

塚本は酒が入ると人が変わったように商売を忘れる。根っからの酒飲みで、そのために、いい腕を持ちながら一カ所に落ち着けず渡り歩いた男だ。

軽く飲んで飯を食いアパートに引き揚げるつもりでいたが、二本が三本、四本となり深酒をしてしまった。光雄は、なんとなく寒い、と気がついたら、部屋のベッドに服のまま転がっていた。

喉の渇きで目が覚めた。部屋には寒気が充ち、身体はすっかり冷え込んでいた。雨戸を閉め忘れた窓から、夜明けの光がガラス窓越しに薄赤く差し込んでいる。腕時計を見ると六時を過ぎていくらも経っていない。昨夜の記憶がゆっくり甦ってくる。途中まではお客がきたら腰を上げるつもりで盃のピッチを抑えていたが、一人もお客はなく、そのうち酔いが回ってきて調子づき、塚本と一緒になって銚子を並べだした。そこまでは覚えているが、あとはまるで記憶にない。赤ん坊のことが頭から離れず、いいかげんなところで店を出て、走ってきたタクシーに乗ったのはなんとなく覚えている。塚本の勘定はどうしたかなと気になり、ポケットをあさると財布があった。金を見ると、思ったより払っている。迷惑をかけないくらい塚本のところに置いてきたんだな、とほっとした。同時に、塚本もおかみさんに少しはいい顔ができるだろうと余分なことに気を回した。相当飲んでいるのに、二日酔いの兆候はない。水が欲しいだけであった。台所に行きコップで二杯立て続けに飲んだ。冷たい水が気持ち良く喉を通り、胃の腑に広がった。

今日は日曜日だったと気がつき、アパートの入り口の新聞受けに朝刊を取りに行った。パラパラめくっているうちに、昨日は住宅公団の当選番号の抽選発表日であったのを思い出した。当選番号は新聞に載っている。たぶん外れているだろうが、回数稼ぎだ。あと二回応募すれば当選確率のいい応募グループに入れる。あまり期待してはいないが当選の可能性はよくなると考え、応募はがきをポストに投函したのを思い出した。発表が出ているページを開いて、手元に用意した応募はがきの控え番号を横目に、上から順に見ていくと、真ん中ほどに光雄の番号があったのだ。一瞬その数字を疑い、この数字は間違いではないだろうなと、もう一度確かめるように新聞の番号と手元の控えを引き合わせた。やはり間違いなく、書き送ったはがきに書きつけた数字が当選している。身体に残っている酒気がいっぺんに消し飛んだ。塚本は福の神だ。あいつと飲んだのが福をもたらしたのだと、安い酒だったと思った。神様なんていないと思っていたが、このときばかりは神の存在を信じた。

子どもが生まれ、六畳一間では育てるのになにかと手狭で不便である。せめて二間は欲しい。引っ越し先を考えなくてはならないと思案していたのだ。降って湧いたような公団住宅当選は、飛び上がって跳ね回りたいほどの喜びを光雄にもたらした。

当選番号は逃げるわけではない。紙面から消えてしまうはずもないのだが、何度も目を通して確認した。窓の外はすっかり明るくなって朝日が輝いていた。部屋の中も光が行き渡っている。すべてのものが光雄に「福」をもたらしているように思えた。

仕事の転機

ひかりは闇を突き破り、ひた走りに走る。あれこれ思い出を追っているうちに、じりじりしながら、何回目かの同じことをつぶやき、声に出して小さく叫んだとき、やっと名古屋のホームに入った。

乗客の慌ただしい乗り降りをぼんやり窓越しに眺めていると、出発のベルが鳴った。色とりどりの看板やネオンが、次第に速度を上げてホームから後ろに遠ざかる。今日はひかりのスピードを遅く感じているが、窓の外の世界に目をやれば、まばらに見えるネオンや電光看板の明かりは飛ぶように消えていく。

明かりの消えた闇の中で、光雄の思いはさらに広がっていった。

昭和四十二年、結婚四年目に入り、光雄は三十三歳になっていた。

病院を退院して悠起子の体が落ち着いた頃、千葉県から離れて東京足立区竹の塚の住宅公団マンションの三階に入居した。六畳二間とダイニングキッチンの2DKで、風呂もある。家賃は高くなったが、広さは三倍から四倍、天国にきたみたいであった。引っ越しには悠起子の叔父が手伝いにきてくれたので、思ったより早く終わった。叔父が引き揚げていった後、南側ベランダに面した部屋に寝転がって大の字になった。北側の部屋と襖で仕切られているが、そこを開けると室内のすべてが見通せる。やはりマンションは広い。しかも天井が白く塗られていて明るい。

「悠起子、なんて広いんだ。市川のアパートとは天と地ほどの違いがある。君もきて一緒に横になってみろ、気持ちがいいよ」

赤ん坊は、北側の部屋に置いたベビーベッドで眠っている。

悠起子はこまごましたものをキッチンで整理していた。だが、光雄の声に振り返り、「まだ終わってないわよ」と言いながら横にきて光雄に並んだ。

「菅野とは全然違うね。ナメクジが出ることはないでしょう。天井は少し低いようだけど、こうしていると、なんだか二人っきりの世界にいるみたいだわ」

ナメクジに手を焼いたことが思い出される。悠起子の晴れやかな声に刺激され、光雄は外はまだ明るいのに激しく欲情が燃え出した。

引っ越した部屋は団地のはずれ、道路越しにもう一棟あるが、あとは五十メートル以上も先に同じ団地の住宅が間隔を置いて並んでいるくらいで、他には何もない。菅野のアパートは、壁を通して隣の物音や廊下を歩く足音、話し声が聴こえていたから、光雄も悠起子も声を殺して抱き合っていた。だが、ここには遠慮するものはない。壁は分厚い鉄筋コンクリートで隔てられている。部屋は三階、階段の踊り場を挟み同じ造りの部屋があるだけで、物音が伝わってくることはない。窓は開け放したままだが、のぞき見される心配はない。初めのうち悠起子は恥ずかしそうに応えていたが、周囲への気遣いが消えたのか次第に燃え、没入していった。終わった後しばらく放心状態になった。表情はこれまでにない安らかで満ち足りた輝きを放っていた。

穏やかな日が流れた。依頼された仕事も三年余に及んだが、竹の塚に引っ越してまもなくすべて終わり、頼まれた仕事から解放された。

帰宅は早くなり時間にゆとりができた。アルバイトの収入はなくなったが、得意先回りが増えていたので営業手当が上がり、生活に影響することはない。これまで子どもの誕生や引っ越しなどで忘れていた、静かに窓越しに眺めていると、将来のことが頭をもたげてきた。このまま今の暮らしを続けていていいのだろうか、もっと社会の役に立つとか、本当に自分が取り組みたい仕事があるのではないだろうか、などなど考えるのであった。暇があるといつも、このままではいけない、転職についてもっと本気になって考えなければ何も答えは見つからない、と次々に疑念が湧く。子どもがいるから無鉄砲に走り出すわけにはいかない。悠起子が納得できる仕事でなければ絵に描いた餅で終わる。慎重に考える必要がある。光雄は自分を不器用な男と思っているが、そのくせいざとなったら図太くなる。人がやっているのだから、上手下手はあってもやれないことはないだろう。何事も実行することが大事だ、と開き直って手をつける一面があった。

世の中は車時代に移行しつつあった。どんな仕事に就くにしても、自動車の運転ができれば仕事には有利だろう。また、転職活動もうまくいく可能性が高くなる。運転手になろうとは思わないが、今の会社を辞めて新たな仕事を見つける間、当座しのぎにトラックでもタクシードライバーでも食っていければいい。運転免許を取ろう、と思いついた。

私鉄の駅から三、四分、線路に沿って自動車教習所がある。四月末、ゴールデンウィーク前の日曜日、晩春の汗ばむような陽射しが降り注いでいた。昼までには時間がある。暇を持て余していたので光雄は散歩がてら自動車教習所をのぞいてみた。待合室に十数人、中年の男女や職人風の若者が実地教習の順番がくるのを待っていた。光雄と同じくらいの者もいた。教習所の様子を見ていると、急速に自動車が普及して、すでに自動車の時代に入っていることがわかった。悠起子の兄も教習所に通っていると話していたが、時間のやりくりがつかないことや指導員に生意気な口をきかれるなどで、足が遠のき、今はやめているらしい。

光雄は、話だけでも訊いてみようと軽い気持ちで出かけてきたのだが、教習生が呼び出しに応じて車に乗り、場内を回る様子を見ているうちに、興味が湧いてきた。運動神経は良いほうではないから少々億劫であったが、せっかくここまできたのだ、話だけでも聞いてみようという気になり、受付を訪ねた。説明を受けると、教習を受ける気になり十回分の金を払った。料金は一時間単位で払えばいいのだが、まとめて十回分払ったのは、途中でやめると支払った金が惜しくなるからだ。続けるにはある程度のまとまった金を払えば、やめるのはもったいない、続けるだろうとの損得勘定からである。教習料は安くない。結果はそれが良かった。指導員の態度が癪《しゃく》に触ることが何回かあったが、案の定今やめたらどぶに金を捨てる結果になると思うことがあった。それで、会社の仕事を調整して教習所に通って、免許を取得したのである。

昼過ぎに教習所からマンションに戻ると、悠起子は子どもの相手をしていた。光雄が手にしている交通法規の教則本などの入った書類袋を目ざとく見つけた。

「昼も食べないでどこに行っていたの。何か買い物？」

「いや、買い物ではないが、びっくりするなよ。実は駅の近くにある自動車教習所に行ってきたのだ」

「え？　またなんでそんなところに？　車の免許でも取ろうというの？」

悠起子には信じがたいことであった。つねづね光雄は酒ばかり飲んでいて、車の運転などに興味を示すタイプではない。自分は子どものころからお転婆で、自転車も兄より早く覚えた。走るのも速かった、運動神経は発達していると、光雄に優越感を持っていた。酒を飲むことのほか自分からは積極的に動こうとしない男が、こともあろうに車の免許を取るというので驚いたのである。

同じ年代で運転できる者はまだ少ないし、車を所有している者はさらに少ない。免許を取ってもいったい何に役立てるつもりなのか、悠起子には理解できないことであった。悠起子がそう思うのも無理ではない。光雄にしても、最初は様子を見るだけのつもりであったのが、教習の手続きをして、その日のうちに講義まで受けてしまったのである。光雄は自動車の運転免許を取ることはひそかに思案していたことではあるが、まさか今日実行に移すとは考えていなかった。だから、悠起子に「どういうつもりなのか」と訊かれても戸惑うばかりで、不得要領な説明しかできなかった。

「免許を持っていたらなんでもできる。これからのこともあるし、いつでも転職できるよう準備しておきたいんだ」

「会社で何かあったの？　おもしろくないの？」

「まあね。知っているように、支社長がクビになってからしっくりいかないのだ。納得できないことが多いんだ。今度の支社長は自分のことばかりで、金にも汚い。そろそろ新しい仕事を考える時期かな、と思っているんだ」

クビになった支社長の藤波は、光雄と悠起子の仲人をしてくれた人である。三カ月前東京で全社会議が開かれ、その席で会長から藤波に、経営に問題がある、君には任せておけない、とクビが言い渡されたのである。

支社は独立採算制で、経営内容に余裕があったからおおらかで自由気まま、いいかげんな一面があった。会社の目を盗んでアルバイトができたのも、そんな状態であったから得意先からの依頼を引き受けることができたのである。東京の支社が利益を上げるのに対して大阪本社は売上が横ばい、経費はかかって社員の給料は据え置きであった。そんな状態であったから、売上高の本社支社間の配分変更をめぐって何回か議論がかわされたが、まとまらず一年余が経過していた。

そうした内部のことは光雄たち社員にはわかるはずはない。支社の経営が上向くまで藤波は相当苦労した。やっと楽になり気が抜けたのか、出社は十時過ぎになり退社も早くなった。暇があれば業者との付き合いでマージャンにふける。付き合いも仕事のうち、情報を入手するには人間関係を築かなくては入ってこない。ところが、支社の中から藤波の行動を批判する社員が出てきて、藤波を辞めさせてもらいたいと、本社に告げ口する者がいたのである。その結果、独立採算制を解約、本支社の経営を一本化するチャンスだと、会長は藤波のクビを切ったのである。

光雄は、藤波の行動も告げ口した社員のずる賢い振る舞いを見ていたから、いつかこのような事態が起きるだろうと心配していた。藤波にもそれとなく「会長の考えに支社長排除があるのではないですか、気をつけてください」と言っていたので、驚かなかった。世の中は甘いものではない、と自分の胸に刻みこんだ。同時に、今の会社は懸命に汗をかくところではない、と考えるようになっていたのである。

藤波が辞めた後、支社長になったのは会長に告げ口をしていた古参の男である。東京の経営は彼に一任された。藤波が辞めただけで、支社の空気は変わらない。経営方針もそのままで、昔からいた経理の女性が辞めて、若い女性に入れ替わっただけである。古参社員になった光雄は、新支社長から運営方針などについて相談があるのかな、と見ていたが、何もなく、彼は自分の好きなように動いていた。社員から相談を持ち込まれても、自分に都合のいい指示を出すばかり。新しい社員を入れても、ひと月もいればいいほうで、すぐ辞めてしまう。光雄は彼の性格を知っているので、肝心なことだけ報告し、あとは好きなように得意先や新規のスポンサー開拓に動いていた。新支社長も立場に慣れてきて、なんとなく会社は回っていた。本社の要求は売上を上げ送金を増やすことである。あとは特別な注文はなかった。

ゴールデンウィークが終わり、業務は日常に戻った。光雄は、藤波が辞めて彼のもとに一度も顔を出していないので、もうそろそろ気持ちも落ち着き、藤波はまだ五十を出たばかりだから、新しい仕事に就いているだろうか方針を決めているかだろうと、梅雨が近くなったある日午前中に仕事をかたづけ藤波の中野の家に暑中見舞いを兼ねて顔を出した。

それまで気にかけていたのだが、顔を見るのが忍びなくて、やっと重い腰を上げて出かけたのであった。

夫人が玄関に出てきて「お父さん、仲井さんですよ」とうれしそうに奥の座敷に向かって声をかけた。通された座敷から見える庭は、趣味の万年青の盆栽で埋め尽くされている。ときどき早退して、三越や伊勢丹などのデパートの屋上にある植木、盆栽の店に寄って一つ二つと買い集めたものである。

藤波は、テーブルを前に腕を組んで座っていた。光雄を見るとうれしそうに顔をくずした。

「よくきてくれたね、元気でやっているか」

「なんとか頑張っています。思っていたより支社長も元気そうで」

そこで言葉を切って、藤波の顔を見る。元気なふりをしているだけだということはすぐわかった。触れたくはないが、話はどうしても全社会議のことに及ぶ。藤波も淡々としていたが、ちらりと本音がこぼれる。

「いやいや、会長を信頼していただけにあの後気持ちは落ち込んだよ。恨んでも仕方がないが、参った。ときどきそれとなく君は今日のあることを耳に入れてくれていたが、あまりにも会長を信じすぎた。これも自業自得だ。しばらくは気持ちが落ち着かなかったが、今はある人の勧めで市川の国府台にある白光真宏会に行くようになって、やっと気持ちが落ち着いてきた」

横でお茶の支度をしていた夫人が口を添えた。

「あの日はいつもより早く帰ってきたのでびっくりしました。少し青い顔で家に入るなり、会社クビになったよと言うんです。わけを訊いても黙っているばかり。それからは毎日暗い顔で庭いじりでした。市川に誘われていくようになってからは、気持ちが落ち着いてきたのか、少し明るくなって元気が出るようになりました」

「奥さんは何も聞いていないんですね。私は鮮明に覚えています。社員全員の前で会長が、藤波君明日からこなくていいよ、と申し渡すように理由も何も言わず、それだけを言ったのです。全員がそろったところで、いきなりだったので、支社長は功労者ですから何か一言でも言うのかと見ていましたら、『そうですか、お世話になりました』と頭を下げると、さっと座を立って部屋を出ていかれました。あまりの潔さに、クビを宣告した会長も気まずそうに、左右にいる幹部社員に何事か言って、白けてしまった座を明るくしようとしていましたが、異様な雰囲気のまま終わりました」

「そうだったんですか。うちの人は何も言わないから、今まで様子がわからなかったんですよ。仲井さんがきてくれなかったら、私は不審を抱えたまま暗い気持ちで暮らしていかなければならないところでした」

藤波は、たばこを吸いながら黙って話を聞いていた。

「僕の口から今更言ってもどうしようもないことですが、今度のことは支社長追い落としの仕組まれた劇という気がします。どんな弁明も受け入れないと決めて、会長はあえて満座の中を選んだのだと思います。会長は自分一人ではそうした話はできない人と思いますから。本社の者から聞いたんですが、今回のことについて総務部長といろいろ策を練っていたようです」

「仲井君、今日はありがとう。理由はともかく、もうすんだことだし、未練がましくなるからその話、止めよう」

藤波はたばこを灰皿に揉み消し、ひと呼吸おいて言った。

「今、これからのことを考え始めたところだ。まとまったら君にも相談したいので、そのときは知恵を貸してくれ」

五十を過ぎたばかりの藤波は、中学生を頭に子ども三人を抱えている。盆栽を相手にのんびりと遊んでいるわけにはいかないのだ。藤波が支社長だったとき、本支社間の売上配分率の改定で赤字が続いていた支社はやっと黒字に転換、この数年経営が楽になったばかりである。だから、藤波に蓄えがあるとは思えない。

長話になったので藤波の家を出ると、会社に電話して、何か連絡がきているかと訊いた。何もないと言うので、そのまま直接家に帰ることにした。藤波のことが気にかかっていたので、訪ねてよかったと肩の荷を下ろした気分になった。

悠起子に、藤波を訪ねて在社中のお礼と雑談をいろいろしてきたと話した。内容には触れずに、元気そうだった、とだけ伝えた。

光雄の運転免許証取得の考えは、藤波を訪ねた後気持ちが一層強くなった。彼とのやり取りに若干の影響があったかもしれない。だが、そのときは近々会社を辞める事態が起きようとは夢にも想定していなかった。どんなに頑張っても鶴の一声でクビが飛ぶという現実を目の前に見たことが、転職について真剣に検討してみようと考えるようになった。同時に、気を遣いながら定年まで働くほどの魅力と価値が今の会社にあるのか、と考えさせられた。

免許は四十日ほどかかったが、取れた。予想していたよりも早かった。それには、仕事をうまく調整して比較的自由に時間を使えたのが大きい。社員の管理がきちっとしている会社であれば、自分勝手な仕事のやりかたは許されないはずだ。今思うと、小零細会社だったが、やっと就職できたのは光雄に運が向いていたからかもしれない。

鮫洲に行って免許証をもらってくると、悠起子は納得がいかないという顔をした。途中で免許証取得を諦めるだろうと踏んでいたようだ。何回もエンストしたり、バックや縦列駐車がうまくいかなくなったりして嫌になり、やめていく人が多いと聞いていた。悠起子の兄もその一人であったから、光雄も無理だと見ていたのだろう。教習を受けるのはある程度の忍耐力が必要だ。タクシー上がりの意地の悪い教官もいて、光雄はこん畜生と思うこともあったが、毎回そうした教官に当たるわけではない。運悪く当たれば、今日はついてないと諦め、意地悪されないよう教官をたてるようにして受講した。

免許は、光雄に大きな自信を与えた。車の運転くらいやれないことはないと思っていたが、内心は運動神経の鈍さを自覚していたので、不安がなかったと言えば嘘になる。それでも突破できた。しかも、すべての試験を一回で通過したのである。受講者の中には学科を何回失敗したとか、実地試験は三回目だ、四回などと言ってぼやいている。それら若者や中年者の声を耳にし、二、三回は試験を受けなくてはならないかもしれないと覚悟、腹をくっていたのである。それが、一回ですべての試験をパスしたのだ。本当は飛び上がって喜びたいのだが、悠起子には、こんなことは誰でもできるもので驚くほどのことではない、と格好つけるため、平然とした態度で報告したのだ。

「見直したわ。あなたけっこうやるのね」

「誰でも車に乗っているんだよ。やってやれないことはないとチャレンジしてみたけど、思っていた以上にうまくいった。駅前にトヨタの店があるから、レンタカーで少し練習して買うつもりだ。いいだろう？」

光雄の舌はいつもより饒舌であった。喋っているうちに興奮してきたのだ。

「車を買うといっても、お金たいへんよ。やっていけるの？　車があってもいったい何に使うの？　何か考えがあるの？」

「なんとかなるさ。案ずるより産むがやすし、とも言うじゃないか。子どもも大きくなるし、車があれば何かと便利だよ」

悠起子は笑っていて本気にしない。光雄が冗談を言っていると思うから、まともに相手にならない。

日光街道に三菱自動車のレンタカーショップがあった。次の日曜日、光雄は悠起子に内緒で出かけていき、一時間乗り回した。教習所では必ず教官が横についていてなにかとアドバイスをしてくれたが、今度は何かあれば一人で判断して対処しなくてはならない。わずか一時間であったが、神経はかなり疲れた。国道に乗り出すと道路が広く見え、海の中を泳いでいるような心もとなさがあったが、それにもすぐ慣れた。一時間はあっという間に過ぎ、車を降りると、疲れとは別に満足感に身体全体が包まれた。気をつければ運転の操作は十分やれる、と自信がついた。同時に、車を買う決心がついた。仕事の収入は悠起子に心配させないくらいあった。

教習に通ういっぽうで、光雄は藤波の家にもしばしば顔を出した。藤波は、行くたびにかつての闊達な姿を取り戻してきていた。光雄は何も訊かなかったが、藤波の様子から何か考えている計画がまとまりつつあるのだろうと推測した。

七月も中旬を過ぎ梅雨明けが近くなって、一気に酷暑が舞い降りてきたような日であった。午前中、スポンサーから送られてきた新商品の案内資料が数社分あった。原稿にまとめると手が空いたので、藤波の家に顔を出した。玄関を入ると、足が止まるのを待っていたように一度に首筋から汗が吹き出し、胸元までべたべたになった。顔を出した夫人が「まあ、汗だらけじゃないの。ちょっと待って」と言って、水に冷やしたタオルを持ってきた。

汗を拭きさっぱりしたところで藤波と会った。藤波は、待ちかねていたように口を切った。

「仲井君、私も心を決めた。いつまでもこうして遊んでいるわけにはいかない。幸い一緒に新しい新聞をやらないかと言う人がいて、彼と組もうかと思っているのだが……どうだろうかね」

　藤波の表情は生き生きして覇気が溢れていた。光雄は、気になっていた藤波の暮らしにひとまず目途がつくと喜んだ。

「それはよかったですね。お手伝いできることがあれば言ってください。相手は誰ですか」

「日用品関係の専門紙を出している阿森だ。この間電話がかかってきて、出ると彼なんだ。顔を知らない間柄ではないから、何の用だろうかと思いながら、久しぶりと言って用件を訊くと、誰かに私のことを聞いたのだろう、遊んでいるのだったら新しい新聞を一緒にやらないかと言うのだ」

　阿森の名前を聞いたとたん、光雄はこの話は危ないと思った。阿森には会ったことはないが、お互いの業界が一部絡んでいる。新製品の発表会などで阿森の会社の社員と同席したことがある。そんな関係から、阿森の人間性や行状などは光雄の耳にも入っている。光雄はどういうわけか、交錯している業界の社員とすぐ親しくなる。自然にお茶を飲みながらお互いに業界の話をするから、いろいろ情報が入ってくる。阿森についても、光雄は藤波から彼のずる賢さなどを耳にしていた。今のままでは業界の新聞は行き詰まるにちがいないと、阿森は先を読んでいたに違いない。そこへ藤波がクビになったと情報が入った。藤波はベテラン、業界の交際範囲も広い、そんなことから共同経営にはもってこいの相手だと目をつけたのだろう。

藤波は、戦争で生死の境を潜り抜けた苦しい体験や戦後の厳しい生活、今回の会社の手ひどい仕打ちなど、辛さを味わってきたわりには、そうした過去を表に出すことはなかった。黙っていつの間にか後始末をしてしまっていた。そんな藤波に阿森のずる賢さは分かっていたのにおいつめられている藤波はあせりから手が出たのだろう。そんな藤波に阿森の腹黒さなど想像できないだろう。失職、まだ五十歳を出たばかり、中小学生の子どもが三人、蓄えもそうないはずだ。そこへ阿森からの誘いである。藤波には天の与えたチャンスに思えたのだろう。

「阿森さんはやめたほうがいいと思います。あの人は信用できない。利用されるだけですよ。新しい媒体の発刊を考えているのであるなら、僕も時間を作ってできるだけのお手伝いをします。今の会社でしたら時間の都合もなんとかできますから」

「君が手助けしてくれたら助かる。阿森のことはもう一度考えてみる。その上で考えが決まったらまた相談したい」

二時間ばかり雑談して辞去した。帰る道々、光雄は考えた。藤波は、新聞事業では営業以外何もわかっていない。これまで、記事は新支社長と光雄がほとんど書いてきた。藤波は営業から手を引き、スポンサーも大半は、平社員だった今の新支社長に移譲した。彼は巧妙に立ち回り、売上を伸ばし藤波を追い落としたのだ。藤波は飼い犬に手を嚙まれることになったのである。阿森と組めば同じ轍を踏むことになる。会社がうまくいきだしたら、頃合いを見計らって彼は藤波を放り出すだろう。だが、阿森と組まなければ新しい会社の立ち上げは無理ということも事実だなど、様々に思いをめぐらした。夕方に近かったが暑気は依然そのままで、電車の駅に向かうバス停に着くまでに半袖のワイシャツは汗で背中に貼りついていた。

それから一週間も経たないうちに、朝、家の出がけに藤波から電話がきた。

「今日うちにきてもらえないだろうか。相談したいことがあるんだ」

口調に相当強い気持ちが表れていた。光雄は、決心がついたのだ、おそらく阿森と手を組むのはやめたのだろう、と直感した。午後からなら時間が取れるのでそちらへ回ります、と返事した。

悠起子が、朝も早い時間に藤波からかかってきた電話に不審な表情を浮かべた。このところ光雄がしきりに藤波のことを話題にするので、何かを感じ取っていたようだ。出がけに「藤波さんはまだ仕事見つかっていないの?……」と訊いた。「まだだよ」と言いながら、光雄はドアの外に出た。駅に向かって歩きながら、藤波さんに深入りしすぎたかな、と呟いた。

梅雨はすっかり明けた。真夏の太陽が朝から目に痛いほど輝き、駅への道路は白く光っていた。何かが変わろうとしている予感がした。午前中の取材をすませ、昼飯を蕎麦屋で喰って、会社に電話を入れた。

「今日は戻らないが、何か急ぎの用はあるかい」

事務の女性は何もないと伝え、それ以上のことは訊かない。新支社長も光雄には特別なことがない限り話もしてこないし、自分の仕事に集中しているから、彼と喋ることはあまりない。藤波が辞めた後、古くからいた年配の女性も辞めた。代わりに今は新しく入れた事務の女性と、もう一人新入りの若い社員が原稿や取材を担当している。新支社長は新社員を入れたものの、仕事についてはほとんど指示や指導をしない。やむを得ず光雄が彼らの相談に乗るという形で支社は成り立っている。

「途中、電話は入れるから、そのとき用件は言ってくれ。急ぎの仕事はあまりないだろうが」

事務の女性に光雄は伝えた。藤波からの電話は出勤前だから急いでいるとは思うが、光雄にもそれなりにやっておかなくてはならない仕事がある。

二時過ぎ、バスを降り、緩い坂道を下って、一番暑い時間に藤波の家に着いた。夫人が出してくれた冷たいタオルで首筋の汗を拭くと、陽射しが弱いややうす暗い座敷に通された。光雄は冷たい麦茶を一口飲んで、

「午前中は時間が取れなかったので、遅くなりました」

と藤波に詫びを言うと、よほど待ちかねていたのだろう、

「そんなことはどうでもいい。君には無理をさせ申し訳ないと思っているのだ」

と言ったあと、一息に喋った。

「決心がついた。仲井君、阿森と組むのはやめた。君が言うとおり、よくよく考えると、阿森には安心できない面がある。と言って、私一人ではとうていやっていけない。どうだろうか、君にきてもらえたら助かるのだが……。君のことはよく知っているので信頼でき

る。女房も、君に手伝ってもらえたら、と言っている。私と一緒にやってくれないか」

突然降って湧いた話に、光雄は驚いたし戸惑った。藤波が仕事を始めたら、会社に内緒でなんとか力になれるようにしようとは考えていたが、よもや一緒にやろうと持ちかけられるとは頭になかったのである。子どももまだ三歳、これから幼稚園だ、なんだかんだと金がかかってくる。収入は一般のサラリーマンより多いし安定もしている。たまには原稿書きのアルバイトも入る。藤波が辞めた後、副支社長の肩書きもついた。世間体も悪くない。このまま今の会社にいるつもりはないが、辞めるのはもう少し先、自分なりに計画を立てて、成算を図ってから、と考えていたところだ。

即答はできない。二、三日時間をください、と言って辞去した。光雄が靴を履いているとき、見送りにきた夫人から「仲井さん、主人一人では無理です。手助けを頼める人もいません。主人を助けてやってください」と声が出た。藤波夫妻には悠起子との結婚で仲人をしてもらった恩義がある。人生の大事を恩義という義理人情に左右されたくはないが、光雄の性格はそうしたことに弱い面がある。それが長所でもあり短所と承知していた。同時に、遅かれ早かれ辞めるのだったら、今が自立できるチャンスかもしれない、と思った。藤波には会社を切り回す能力はない。大雑把ですぐ人に任せてしまう。会社を辞めるようになったのも、そんな性格が働いている。会社経営そのものについての大まかなプランさえねっていないのではないか。これでは起業できない。そんなことも考え、藤波の頼みを聞き入れようか、という思いが徐々に強くなるのを肩に背負いながら夕日の中を歩いた。とにかく、まずは家に帰ってから悠起子に相談、それからじっくり思案することだと決めた。

「藤波さん、元気が出てきたよ」

光雄は、ダイニングキッチンに腰を下ろすと、夕食の準備をしている悠起子の背中に向かって言った。

「朝、電話あったでしょう。何かあったの？　藤波さんはもう会社とは縁が切れてるのでしょう？」

今更何だろう、と言わんばかりの怪訝な声であった。

「うん。それが、新しく仕事を始めたいというのだ」

「そう。だけど、あなたとは関係ないことでしょう。なにかあったの？」

「実は、新聞をやりたいので手伝ってくれ、と頼まれたのだ。あの人は記事もうまく書けないし編集の経験もない。一人じゃ何もできないよ」

悠起子は、料理をしながら片手間に聞く話ではないと、手を止めて顔を向けた。

「あなた、どんな返事をしたの。まさか引き受けたのじゃないでしょうね？」

厳しい目をした。光雄の返事次第で生活が一変するかもしれないのだ。仕事が成功すればいいが、失敗に終わるとすべてを一から築き直さねばならない。失業者になるのだ。今は専業主婦で子育てに没頭していればいいが、これからはどんな事態が起きるかわからない。

光雄も軽々に話ができない。家に帰り着くまでの道々、藤波の性格やこれまでの関わり、業界の状況などから、今が転職のチャンスかもしれないと、ある程度の答えは出していたが、踏み切るかどうかは悠起子の気持ちを聞いてからだと決めることにしたのだった。

会社の経営にはそれなりの資金が必要だ。藤波の手元にある金はたいしたものではない。新会社が業界から認めてもらうまでには、最短でも半年はかかる。これまで業界で築いてきた藤波の力にすべてがかかっている。外の仕事は新支社長がやっていたので、光雄では役に立たない。悠起子の協力なしでは、光雄がどんなに頑張っても砂上の楼閣になりかねない。

「答えは出していない。少し時間が欲しいと言って帰ってきた」

「藤波さんはいい人だけど、頼りになる人とは思えない。不安だわ」

悠起子の言うとおり、光雄が決断を迷うのもそこにあった。藤波は、戦後の混乱時に大阪の本社から知人を通じて東京支社の立ち上げを頼まれ、立派に支社を確立した実績はあるが、あくまでもそれは営業を中心に活動していただけで、送稿した原稿は本社の編集部が手を入れて記事にしていたのである。支社の経営も、手腕があればもっと利益を上げて内容の充実が図れたはずだが、支社の経営が安定してからは、会計を人に任せてしまった。そのため何人かの社員に集金した金を持ち逃げされたり、使い込まれたりしたことがある。これまでは支社だからなんとかできたが、今度は新会社の本社である。すべての切り盛りを中心になってやらなくてはならない。

光雄は藤波の下で十数年働いてきたから、いいところも悪いところも知っているだけに、不安がないわけではない。だが、光雄は高校時代や大学の頃は部活や飲み会を中心になって動かしていた。大人の社会とはまるで違うが、学生時代の経験を生かして頑張れば、中心に藤波を据え資金さえできれば、自分が補助して、経営全般を取り仕切りやっていけば、なんとかなると計算した。

悠起子が藤波に会ったのは、仲人の挨拶をお願いしたときと、結婚式、新婚旅行から帰ったお礼に自宅を訪ねた三度であるが、彼女は直感力が鋭く藤波をあまり評価していなかった。どちらかと言えば低い評価だった。藤波との仕事を危惧するのはそうしたことからであった。写真の仕事でいろいろやってきているので社会の実態を知っている。さらに、悠起子は思考のメリハリがしっかりしている。生半可なことでは彼女の信頼や協力は得られない。

無理押しすると意地になるかもしれない。その日は「よく考えてみる」と言って、話を打ち切った。

眠れない夜であった。網戸の窓は開いていても、湿度は高く風も生暖かい。新会社の将来に不安はあるものの、君の好きなようにやっていいよと言われたので、これまでできなかった企画や従来にない紙面づくりの構想が様々に浮かんでくるのである。夜具の中を輾転としているうちに短い夜が明けた。はれぼったい目で朝食を終わった。失敗したらしたで新しく立ち上がればいい。近い将来に、独立して新事業を起業する考えを持っていたのだ。思い悩むより決めたほうがいい。光雄には優柔不断な面があるが、出たとこ勝負だと割とあっさり物事を決める一面もあった。

「決めたよ。ここは誘いに乗って一緒に仕事をしたい。君は不満だろうが承知してもらえないだろうか」

悠起子はしばらく黙っていたが、やがておもむろに口を開いた。

「今の会社がどうしても気に入らなければ、いつかは辞めることになるわね。以前から辞める話をしていたことだし、辞めるんだったら遅いか早いかの違いだけね。反対しても決心は変わらないでしょう？」

「人から与えられたにしても、チャンスはなかなか巡ってこない。今がそのときかもしれない。なんとか俺の好きなようにさせてもらいたい。一度は自分で旗を振ってみたいと思っていたのだ」

「昨日話を聞いたときから、こうなるだろうと思っていたわ」

「ありがとう。どこまでやれるか、人生は一度限りだ。悔いを残したくない。苦労させると思うが……」

光雄は、東京に出てきた目的にやっと行き着いたような感じがした。東京で原稿を書く仕事をしたいというのが、初手からの希望であった。これまで一言も触れなかったのはそれがどんなに高い山であるかを、東京に出てきていろいろな人に出会って知った。それでも諦めたくなかった。特定の業界を相手にする小規模の業界の新聞社に十年以上もいたのは、原稿を書ける仕事だからであった。いつか、願っている本当の山に登るときがくるかもしれない。夫婦といえども言えることと言えないことがある。それは、光雄が子どもの頃から描いていた夢で、希望である。

悠起子の性格は、言いたいことははっきり言い主張するが、一度決まれば積極的に協力する。くよくよしない良さがある。結婚して四年が経過していた。お互いが相手についてわかりかけていた。彼女も独立心が旺盛で、多少の不安があっても、光雄がうすうす不満を抱いて勤めているより、方向を明確にした行き方を選ぶほうに賛意すると見ていたが、そのとおり、いちおう反対はしたものの、最後は光雄の考えたような落着をしたのだった。

新たな挑戦

決めた以上もう引き返すことはできない。

参加の返事を藤波は喜んだ。特に夫人の顔が明るくなったのが、いかに光雄を頼りにしていたかを物語っていた。

八月に入って、光雄は大阪の本社に出かけた。東京支社長に退社の申し入れをしていたが、これから同じ業界で仕事をしていくには、大阪で強い影響力を持つ会長にお世話になったお礼と事情を説明しておく必要があると考えたのだ。

前もって電話しておいたので、会長は大きなデスクのゆったりした椅子に座って待っていてくれた。会長室のドアをノックするとき、光雄の気分は覚悟していたがいささか重くなった。

「仲井君、わざわざ大阪までご苦労さん。辞めたいんだってね」

会長は、まあ座れよと言い、デスクの前にある応接セットを指差し、自分もそこへ移ってきた。東京支社の話などした後、

「せっかくこれまでキャリアを積んできたのだ。待遇に不満でもあるようなら考えるよ」

光雄は、十三年在籍しているが不満を口にできるほど貢献してきたとは思っていない。会長が待遇改善まで持ち出して引き留めるなんて、考えてもみなかった。大阪に出張すれば会長の家に泊めてもらい、高級ウイスキーを好きなだけ飲ませてもらったことなどが頭をよぎった。一瞬心が揺れたが、ここで引き返すと、給料は上がっても金で動く男の烙印を押され、生涯それを背負っていかなくてはならない。それでは光雄のプライドが許さない。すでに賽は振られたのだ。

「お気持ちはありがたいのですが、待遇に不満があって辞めるわけではないのです。むしろ、十二分によくしていただいています」

「そうか。藤波と一緒にやるというが、藤波に何か義理でもあるのか」

「いいえ、藤波さんには何もありません。私自身の将来を考えて決めたのです」

「藤波は、君も知っているように、人柄はいいのだが会社をやっていくとなると安心できないぞ」

「そこも考えました。会長のご指摘されたことが起こるかもしれません。腹はくくっています」

光雄は言葉をいったん切って、この先を言ったものかどうか思案した。たぶん不快感を与えるだろうが、納得してもらうためにも本音を伝えるべきだと開き直って続けた。

「不安はいっぱいあります。けれども、ここに残ったとしても将来は東京支社長どまりで終わりです。経営者として会社を切り盛りできる立場には立てません。藤波さんなら近い将来私に全部任せてもらえます。それに、先ほど会長もお話しされたように、藤波さんは人が良くて騙したり裏切ったりする人ではありません。今の東京支社長は油断ならない男です。じゃまなら部下でも騙し討ちする男と私は見ています。会長もそのへんのことはよくご存じだと思います」

「今の東京支社長のことはあまり言うな。それほど君の決心が固いのなら、引き留めはできんだろう。戻ってくる気持ちになったら、いつでも迎え入れるから……。これだけは覚えておいてくれ」

会長は親身になって光雄のことを案じてくれていたのだ。ありがたいと思いながら会長室を出ると、先輩と同僚が何人か取り囲むように寄ってきた。光雄が藤波についていくというので、話題が持ちきりだったのである。藤波の評価は本社ではゼロに等しかった。そんな男と一緒に仕事をしようという男の気が知れないのだ。

「どうなった？　会長何か言っただろう」

編集長が声をかけてきた。

「深い話はなかった。円満に了解してもらい、今月いっぱいで退社が決まりました」

「まさか君が辞めるとは思わなかった。夕方までどこかで時間つぶしていてくれ。歓送会だ。一杯やろう」

大阪の社員と別れて、上本町から道頓堀に出て暇をつぶした。風がなく空気が澱み、腐った川の臭いは陽が落ちるのとともに強くなる。橋のたもとで編集長や先輩同僚と落ち合い、近くの関東煮の店で飲み始めた。酔うほどに、それぞれてんでんばらばらに会長や社長への日頃の不満が次々に飛び出した。果ては、藤波をクビにしたのは陰謀で、会長の息子の若い社長がやりやすいように、今の東京支社長の讒言《ざんげん》をこれ幸いと利用したのだ。会長は腹黒い男だ。それにしても、ケチなあの男が給料を上げるなどよく言ったもんだ、君はよほどかわいがられていたんだな、でも口先だけかもしれんぞ、などと勝手放題であった。

そのうち店を変えようとなり、ミナミからキタに流れ、いい調子になって飲んでいるうちに遅くなってしまい、みんなと別れた。東京に戻ろうと駅に行くと、新幹線も飛行機も最終便が終わっていた。走ってきたタクシーにどこでもいいから泊まれるところに行ってくれと頼むと、梅田のラブホテルに連れて行ってくれた。部屋に入るなり倒れるようにベッドに潜り込み、深酔いでぐっすり眠り込んでしまった。

明け方近く、のどの渇きで目が覚めた。夏の朝は早く明ける。水を飲みにトイレに立ったついでに、ドアを開けて廊下を見た。各部屋の前にスリッパが二組きれいに並んでいる。光雄の前だけ一人ぶんであった。ラブホテルはこんなふうになっているのか、と好奇心が働いたが、今はそんなことに時間を取られている場合ではない。急いで金を払って外へ出た。

帰りのひかりは気分が軽かった。新しい媒体の形態や紙面構成、企画、編集方針などが頭に浮かび、自分の思いが貫けるスタート台に立てたうれしさでいっぱいであった。

光雄は三十三歳になっていた。

社会に巣立って十二年、仕事もしたが酒と女の自堕落な生活の連続、その中で巡り合った悠起子が、光雄を正常な軌道に乗せてくれた。彼女を幸せにしてやりたいという思いが、ひとしお強くなった。だが、これまでほんの少しでも幸せにできたのであろうか。一緒になって三十年、顧みると悔いばかりが胸を締め付ける。新会社の創立に参加してから悠起子を安心させたのは何日もない。

新会社は、覚悟をしていたが苦しい日々の連続であった。しわ寄せは悠起子にきた。光雄は会社が自分の考えていた形で動き出したので、満ち足りた日々を送っていた。ところが半年もたたないうちに、会長が指摘したとおりのことが起きた。藤波の働きが鈍いのだ。

藤波は生来の楽天的な性格と東京支社長でいた頃の人脈から、なんとかスポンサーは確保できると踏んでいたようであったが、世の中はそれほど甘くない。媒体の成否は創刊から三号、三カ月で決まると言われる。新会社は四人のスタッフでスタートした。藤波をトップに、全体の統括を光雄、前の会社にいて光雄が辞めるとき一緒にやりたいとついてきた若い浅田、彼の参加は大きなプラスであった。紙面づくりなどタブロイド判の新聞発行の肝になる部分は、光雄にも経験がなかったので彼が切り回した。また事務関係は、藤波の関係から年配の女性が加わった。わずか四人だが、みんな懸命に働いた。

タブロイドの新聞も、最初はお祝儀の広告が集まってすべり出しはよかった。給料も払えたが、それから先は売上も半減、一気に赤字に転落した。月一回八ページの新聞を出すのが精一杯であった。印刷代、発送費、事務所の諸経費を支払うと、手元にはわずかしか金は残らない。藤波と光雄が給料を削り、切り抜ける。

藤波は、苦労して前の会社の東京支社を築いた。初めの頃は、大阪の新聞と相手にされなかったが、いちおう東京でも通用するようにしたのは、懸命に働いた藤波の努力による。それを会長も評価していたので、クビを切られるとは夢にも思わなかったに違いない。藤波は漠然と責任を引き受け、独立採算制で東京を引き受けた。市場の大きい東京に力がついてくると、大阪と東京の取り分を五対五から六対四に変更、それも藤波は黙って受け入れた。反対していればそれなりに蓄財ができたに違いない。大阪への送金不足が続いたため、元の割合にもどしてもらった。支社の経営はそれから好転、四、五年前から黒字になった。そんなことで、蓄えがあったにしてもわずかなものであろう。本社支社間のいきさつにしても、十数年一緒に仕事をしていれば光雄にもわかるし、藤波の性格などもある程度理解しているつもりであった。だが光雄は、藤波の業界における影響力を信用してついていったわけではない。初めはいいが、そのうち行き詰まる。せめて一、二年営業を頑張ってくれたら、そこそこの評価を得られる媒体にできる自信があった。ありきたりの業界新聞ではなく、テーマを設け生ネタで紙面を作る。編集の狙いは浅田と一致した。あとは、どれだけ藤波がスポンサーを集められるかであった。

スタートで、藤波は営業、光雄は取材と紙面づくりで編集と、役割分担をした。三カ月を経過した頃から藤波の挙動がおかしくなり、目に見えて広告の出稿が落ちてきた。紙面の内容は新鮮で、光雄が親しくしている前の会社時代のスポンサーは高く評価してくれた。そうしたことから、光雄が顔を出し広告の出稿を頼むと、応援すると応じてくれた。藤波のほうは、出足はよかったがスポンサーはじり貧状態で、光雄の在社時間が少なくなり、浅田も紙面づくり、印刷関係を一人で切り回していた。そんなとき、印刷工場で知り合った若い小泉を会社に誘って入れた。光雄は浅田の負担が少しでも軽くなればと、藤波の苦しい状況はわかっていたが、将来を考えて独断で入れたのである。藤波は不快であっただろうが、黙っていた。ひとつには、光雄の営業時間が多くなり、なんとか広告もじりじりと増えだしたのである。藤波の事務所で過ごす時間は相変わらずであった。出かけて行っても、昔馴染みだからといって簡単に広告は出してくれない。かつてのスポンサーは、創刊号に出したことで義理は果たしたと思って、話し相手にはなっても、お金は出してくれない。広告出稿は年間予算を組んでいるから、そうやすやすと出せるものではないからだ。会社の役員とは親しくても、企画部に顔を出しても担当者は藤波のことは知らないから、簡単に断る。藤波は、顔を出せばなんとかしてくれると考えていたようだが、時代はどんどん変わっている。次第に元気がなくなり、在社時間がさらに長くなるのに反して、退社は早くなった。

光雄は、こうなるだろうと最初から読んでいた。苦しい中で小泉を入れたのも、そこを考えたからであった。藤波と入れ替わるように、光雄の外での時間が増えていった。浅田と協力して取材などに近県まで足を延ばして、高い評価を得られる紙面づくりに力を尽くした。光雄が浅田と編集の打ち合せをしていると、藤波は手持ち無沙汰で「広告が欲しい、広告が欲しい」と、あえて二人に聞こえるように呟くのである。光雄も浅田も黙って聞き流していた。創業のときの藤波の意気込みを思い出すと、今の状況が気の毒に思えるが、棚からぼた餅が降ってくることはありえない。地道に評価を上げ、信頼を高くしていくしかないのだ。

広告が増えないということは、社員への給料も満足に払えない。藤波と光雄はともかく、三人の社員だけには半分でもいいから渡したかった。会社の実情を知っているから、みんな我慢してくれた。だが、光雄が家に帰ると、これまで仕事には口を出したことのない悠起子が、たまりかねて不満をこぼすようになった。

「藤波さんと一緒にいて大丈夫？　やっていけるの？」

「正直言って、わからない。やるしかないのだ。前の会社にいて不満をくすぶらせているより、今は苦しいが充実感がある。独立はかねてから念願していたことだ」

「あなたはそれでいいけど、このままでは私たちも行き詰まってしまうわ」

「なんとかする。もう元へは戻るわけにはいかないのだ。金には困るが、やっと打ち込める仕事、将来への夢がかなえそうなのだ。しばらく黙って見ていてほしい」

悠起子は、もっと言いたいことがあったのだが、光雄の気持ちもわかっているので自分を抑えた。そして、その後近所でパートの仕事を見つけてきて「私も働くわ」と、一日何時間か出かけるようになった。子どもも手を離れかけていて、二、三時間くらいなら家を空けても、留守番ができたのである。

光雄は営業を藤波に任せていては会社が行き詰まると、自分も新規のスポンサー探しに乗り出した。記事が書けるのが営業の武器になった。新しく発刊する新聞は、業界に何をアピールするか、これが新聞の肝になる。そこで、創刊号は光雄がペンを執り、発刊の挨拶と方針を兼ねた文章を書いて、藤波の了解を得て掲載した。二号目からは、第一面に論説に当たるコラムを藤波が書くことにした。文章はへただが、気になるところは光雄が手を入れ、明確な文章にするので読みやすく、しかも、内容は業界の問題点に遠慮なしに筆を入れているので、注目を集めた。藤波は、業界に長くいたから裏表をよく知っている。業界の重鎮との付き合いもある。トップのコラムを藤波が担当したのは成功であった。

　光雄が営業にも手を入れるようになって、ほっとしたのか藤波も明るくなった。光雄の営業は、スポンサーに企画を持ち込んで広告とからんだ記事を書き、広告出稿をしてもらえるようにすることであった。企画記事の下に広告を入れるので、目立つ。このやり方が当たり、スポンサーは次第に多くなった。これも、かつて藤波が交流を持っていた業者が紙面を評価、応援してくれたからである。辛うじて会社は存続した。低いながらも給料も払えるようになった。浮いたり沈んだり、創業七年目頃から目に見えて業績が向上した。

　その間、光雄の家庭も変わった。女の子が生まれ、子どもは二人になった。悠起子は条件のいい仕事を見つけてきては、パートを転々とした。給料は遅配したり欠配したりを繰り返していたが、どうにか毎月安いながらも安定して渡せるようになってきた。

　生活に少しゆとりができてきたので、光雄は悠起子に、運転免許を取ったら、と勧めた。

運動神経が自慢の彼女だから喜んで教習所に通うだろうと考えたが、返事は意外で、二の足を踏むのである。原因は収入が低いことにあった。「お金がかかる」とか「子どもの手が離せない」など、口実を設けて断るのであった。子どもは小学校と幼稚園、時間は作れる。問題は金だが、無理すれば都合がつかないことはない。光雄は、以前社史を頼まれた会社から再び声がかかり、今度はカタログ製作を頼まれていた。あのときまじめにやったことが、今でも生きていたのである。編集の謝礼は、大まかに月いくらと決めた。一人ではたいへんだから、安い給与にも黙って働いている浅田に声をかけて、毎月もらう謝礼を半分に分けて渡し、二人で夜の時間を使ってカタログ作成をすることにした。その金は何かのときに用立てようと、光雄はひそかに貯蓄していたのである。それを、そっくり悠起子に渡した。

「以前頼まれた会社から、また仕事を頼まれた。たいした金額ではないが、教習所の頭金と教習代くらいは出るだろう」

悠起子は変な顔をしたが、それでも安心したのか、受け取ると何がおかしいのか笑顔になった。そして、数日後から教習所に通い始めた。

光雄は、車はすでに赤い色のトヨタパブリカを買っていた。仕事に使ったり、家族を乗せて遠出したりしていた。買い物や遠出で横に乗ると、悠起子は自分もハンドルを握りたそうに光雄の運転を見ているのを知っていたので、免許を取ると生活に張りも出て考え方が違ってくるだろうし、共通の話題も増える。光雄の仕事に精神的にプラスになる、という判断もあった。

悠起子は、教習所に行った日は、指導官の話や実習で難しかった個所など夕食のときに様々に喋った。楽しそうであった。教習所仲間もできて、友だちが終わるのを待って一緒にお茶を飲みに行ったりして、交際の範囲も広がった。単調な家事や子育て、世帯のやりくりから解放され、束の間の自由を味わっているようであった。光雄にとっても、それは救いであった。

会社の業績は、亀のようではあったが徐々に向上していた。さらに飛躍するためにはスタッフの補充と人材育成が必要である。浅田が小泉をひっぱったのは成功であった。トップの藤波と編集長の光雄の給料を削り人件費を捻出、新しく増員したが、彼らは皆辞めてしまった。給料がまともな金額になった。人員の増加に藤波は反対したかったのであろうが、黙って光雄の提案を受け入れた。ほっとしたに違いない。悠起子には会社の内情は話さないようにしていた。会社は光雄と浅田がほとんど切り回していた。藤波は積極的に動くことはなかったが、彼の過去の業績、人間性が新媒体に生きてきて、バックアップした。業界の集まりには藤波に代わって光雄が顔を出すようになって、藤波が持っていた真の評価を知った。同時に、業界で生き抜くにはもっと力をつけ、同業者との競争に勝たなくてはならない、と思った。そのためには人を増やす必要がある。藤波もそのことは承知しているから、光雄の要望を受け入れたのであろう。安月給では人は集まらない。資金が手薄だからそれでよかったのだ。

悠起子に免許取得を勧めたのは成功であった。家計の苦しさからときに暗い表情をしていたのが、教習所に通っている間はそんな様子は見せなくなった。外の世界、パート仕事はおもしろくないこともあるが、教習所は自分のために行くのだから気分が違う。免許証は何日頃には取れる、光雄より早い、と自慢して楽しんでいる。年齢とともに運動神経が衰えてくるのを頭に入れていない。予定より一週間遅く、教習時間も五時間オーバー、それでも、彼女の年齢と同じくらいの教習所仲間に比べれば早く取れたほうであった。

「けっこう時間かかったわね。もっと早く取れると思っていたのに……」

教習所を修了、鮫洲で最後の学科試験にパスして帰ってくると、悠起子はうきうきした顔で光雄に報告した。

「考えていることと実際は食い違う場合が多いよ。女にしてはその歳で合格は早いほうだ。今晩はお祝いに一杯飲んでうまいものでも食べようか」

「もう材料は買ってあるの。教習所のお友だちは、早く取れたねと羨ましがっていたわ。腹の中で私、鼻高々だった」

悠起子の性格から、免許証が届くと早速パブリカを乗り回すに違いない。仕事で使う日以外、車は団地の駐車場に置かれたままであった。

オイルショックなどに見舞われ、景気は何度か上下してはいたが、景気の右肩上がりの基調はしっかりしていて、日常の生活は安定から質の向上を迎えていた。光雄は将来に備え、賃貸から分譲住宅への住み替えを考え始めた。藤波から会社を承継したとき真っ先にしなくてはならないことは、金融手当である。近くの信用金庫が熱心に通ってきて口座の開設を勧めていたが、藤波は承諾しなかった。戦後のインフレ、金融危機に遭っているので、金融機関への不信から抜け出せないのだ。事務の女性は困り果てて、光雄に相談にきた。光雄は将来のことを考え、藤波には黙って彼女に信用金庫との取引開始を了解した。毎月わずかな金額であったが積立貯金をして、信用を築くことにした。銀行は相手にしてくれないが、信用金庫なら預金が少しでもあれば相談に乗ってくれると考えたのだ。信用金庫との取引は、その後たびたびピンチを救ってくれた。信用金庫から直接融資を受けることはできないが、公的な機関から融資が信用金庫経由で入るようになったのである。

藤波は次第に昔の明るさを取り戻してきた。彼なりになんとかやっていけるという気持ちになってきたのであろう。紙面の評価も高くなり、藤波にくる電話も多くなった。デスクの前で暗い顔をしていた表情が明るくなった。同業者や業界の団体から、三年たたないと業界の報道紙とは認めないと、公式非公式に言われて、公式な会の取材出席には垣根を張られていたが、いつの間にかそれも取れた。むしろ、大手の会社ほどイベントや新製品の発表会には取材を呼びかけてきた。

特に藤波の書く第一面のコラムは、おもねることがなく、業界の先を読み静かな水面をかき回すような遠慮のない激しい内容であった。文章には藤波の要望で光雄がひととおり手を加えているが、論点は他紙では書けないものであった。日本の社会は大きく変化していくに違いない。新聞事業をやる以上、先を読んだ紙面をつくることに編集ポイントを置いた。そのひとつの現れが、スーパーマーケットの出現であった。スーパーは、一般の店より二割から三割安く売る。光雄は浅田とスーパーの売り場に入り、業界の商品がどれくらい店頭に並んでいるかを記事にした。当然注目が集まるとともに、非難や悪意の攻撃の電話もかかってくる。だが、世の中は急速に変化しているので、業者に気兼ねすることなく、これまでの仕事のあり方、流通も三段階、四段階小売販売は、メーカーと直結するようになった。その例がスーパーとの取引であり、これまで一般卸業はメーカーの代理権を持っている大問屋からの仕入れであったのが、直接メーカーとの取引に変わっていった。大問屋は消えていくだろう、などと厳しい記事を載せる。関係業者は腹を立てるが、先を読んだ紙面をつくるとともに、会社がつぶれてももともとという覚悟がみんなに浸透していたので、業者からの反発、脅しにも揺るがなかった。藤波も編集方針を理解していたし、むしろ先頭に立って旗を振っている感があった。

会社は新参ということで他紙からは見下されていたが、紙面の内容は一歩も二歩も先を進んでいたので、何を言われようが平然と取材に走り回っていた。敗戦で世の中は一変した。藤波は戦後の厳しい乱気流を潜り抜け、今日の業界の有様を知り尽くしているから、思い切ったコラムを書ける。また、光雄にできないストレートな話しぶりも評価を得た。同時に紙価を高くしたのは、会社を立ち上げるときに光雄についてきた浅田の力が大きい。他紙とは比較にならないほど紙面づくりは抜きん出ていた。記事の見出し、表現が核心をつかんでいるから、読みやすくわかりやすいのだ。もろもろのことがプラスに働き、広告が増え売上が伸びた。毎月受ける事務員からの報告を聞きながら、光雄は肩の荷が少し軽くなった。それは、藤波のほうが光雄以上に実感したのではないだろうか。創業にあたって営業以外は光雄の好きなように会社を動かすことを、藤波は承知していたが、光雄のやることに一言も口をさしはさまなかった。それだけに、経営が上向いたことは藤波に対してやっと顔向けができるような気持ちになった。

運命の悪戯は、隙を見せればすぐに忍び込んでくる。昔の人は様々な経験からそれを知っている。順風に帆を張りこのまま走れるだろうと、新年号の発行が終わって一息ついた頃から、藤波の体調に異変が生じた。風邪を引きときどき休むようになったのだ。

その年の新年号は、前年より一割近く広告が増えた。藤波は大喜びで、一人ひとり肩をたたいて「ごくろうさん。ありがとう、ありがとう」と言って回っていたほど、元気で機嫌がよかった。ところが、体調は気の緩みからか、これまで耐えていた苦労の疲れが出てきたのか、「今日は気分がすぐれない」と、電話をかけてきて休むようになった。二月の半ばごろから、一日休んで次は二日休むという具合になった。藤波が出社したときに光雄は「無理して出てくるよりじっくり休んで、病気が治って健康体になって出てきたほうが回復が早い」と休職を勧めた。藤波は気を遣っていたのだろう、光雄の言葉を素直に聞き入れ、翌日から休職に入った。会社のハンコは常時事務の女性に預けていたので、事務関係は光雄が承認すれば、書類も金銭の出入りも用は足りた。後の仕事は発表会などの取材、コラムを書くことくらいで、藤波が休職してもほとんど影響はなかった。だが、会社は上向きだし仕事は順調であったが、藤波がいるのといないのとでは業界の見方は変わってくる。藤波が培ってきた信用は、光雄には遠く及ばないほど強いものであった。今から、万一の場合を考え慌てないように備えておかなくてはならない、と様々のことが光雄の頭の中を駆け回った。

光雄は、後々のことを考えると足元を固める必要があった。貯金があるわけではないから、ローンを組んで家を持てば、融資を頼むとき担保として少しくらい役に立つだろう。機会があれば分譲住宅を購入しよう、と思い立ったのである。悠起子にもそれとなく、今の2DKの住まいは狭くなった、もう一部屋欲しいね、と話のついでにしていた。子ども二人では2DKでは狭い。子どもの成長は早い。年ごとに身長が伸びる。幼稚園に入って一年過ぎたばかりの女の子と小学校三年生の男児。今はまだいいが、数年後はこのままではすまされない。悠起子もよくわかっているが、動くとなるとまとまった金が要る。自分たちの力でなんとかできる条件の物件が出てくるのを待つしかなかった。

焦っても仕方がない。じっくり構えていようと腹を決めたところに、意外に早くチャンスが訪れてきた。

夏に入って間もないある日の朝、何気なく朝刊新聞に目を通していたら、住宅公団のマンション抽選分譲の記事が目に留まった。住宅公団は縁起がいい。長男の誕生日のことを思い出した。場所は草加の町はずれ、竹の塚から遠くない。車で行けばたいしたことはない。

子どもたちに食事をさせている悠起子に声をかけた。

「住宅公団が分譲マンションを売り出している。ここからそう遠くないから、今度の休みにドライブがてら見に行かないか。応募までまだ期間がある。どんなところか参考のために下見はどうだ」

簡単に言っているが、見に行くことは買うという意味が含まれてくる。いきなりの話に悠起子は戸惑ったのか、返事に少し間があった。

「分譲って、マンションを買う話？」

「そうだよ。買えれば買いたいという話なんだけど、売り出すのは３ＤＫだから、今後のために見ておいたほうがいいのじゃないか。何かで役に立つこともあるよ」

悠起子の頭の中を金のことがよぎったようで、出かけるのをためらったが、それ以上に持ち前の旺盛な好奇心が彼女を動かした。今すぐ買うわけではないし、知らない場所をドライブするのもおもしろい、暇つぶしかたがた分譲マンションがどんなものか見るのも悪くない、と言った。

日曜日、子ども二人を乗せて、光雄は悠起子と日光街道を北へ走り、四号バイパスを途中で右に入ると、のどかな田園風景が広がっていた。ところどころにがっしりした田舎家ふうの大きな屋敷が建っているだけで、田んぼは青々と稲の葉が風にそよいでいる。竹の塚とはわずか三十分離れているだけで風景が別世界であった。分譲マンションは、越谷、川口に接した綾瀬川沿いにいくつも五階建ての棟を並べていた。広い団地の中は四つの区画に分かれて、小さな公園の風情があった。団地の中央通りは、整然と植え込まれたメタセコイヤの並木が空に向かって伸びている。まだ全部の棟が完成しているのではなかった。五階建てのマンションの壁面は、色を塗っただけの賃貸の団地とは違い、四区画がそれぞれ色分けされている。すでに入居のできる棟もあって、人の出入りが散見された。天気がいいせいもあったのか、団地全体が光の中で輝いているように見えた。

新聞で見たときは気がつかなかったが一次募集は終わり、光雄が目にしたのは二次で、それが最後でもあった。団地は全部で四十六棟あって、大半の募集は一次で決まっている。残りは三棟百世帯分である。

閑静で緑の多い佇《たたず》まいが気に入った。通勤はバスを使って私鉄電車まで行くことになるが、竹の塚を通るから少し電車は時間がかかるだけである。何回か団地の中を走って帰宅した。悠起子も、思った以上に整った環境と場所に心が動いたようで、帰りの車の中で団地の印象を語った。

「静かだし、竹の塚の団地とは全然雰囲気が違うね」

何度も同じことを口にしていた。

「応募してみようか。くじ運はいいほうではないから、外れる可能性が高い。それでもチャレンジしてみないと結果はわからない。運試しにやってみるか」

ダイニングキッチンで悠起子と向き合って言い出したものの、光雄の気持ちは、本当のところはまだ曖昧で固まっていなかった。頭金のことを思うと、不安がつきまとうのだ。悠起子は、住宅公団の応募要項が載っている薄いパンフレットを手にしてめくっていた。頭金は二十万円でも三十万円でもよかった。残りは三十年で払えばいいのだ。生活を切り詰めればなんとか払っていけそうだ。悠起子も計算したようであった。

「そうねえ。いいところだったね。芝生もすてきだし、住みよさそうだったね」

「よし、申し込んでみよう」

光雄は応募用紙に必要事項を記入して、翌朝出勤の途中、駅前のポストに投函した。一カ月後当選番号の発表があったが、予想していたとおり落選した。期待していなかったのであまりがっかりはしないが、ちょっぴり残念な気持ちが湧いた。

「やっぱり駄目だったね。また、機会があるだろうからそれまで待とう」

光雄は、負け惜しみでなく淡々と言った。

「残念だけど、今は外れたほうがよかったのかもしれない。あたしたちには本当のところ、まだ余裕も力もないんだから……」

悠起子も、答えるともなく呟いた。

季節は秋に入った。分譲住宅のことはしばらくは、いい機会だったのになあ、など頭に引っかかっていたが、すっかり忘れてしまった。会社からの帰り、階段横のポストをのぞくと郵便物が入っていた。普通の手紙ではなくＡ４判書類袋で、部屋に持っていき開くと、補欠で当選とあり、公団にくるように日時が指定してあった。落選の発表で諦めていたし、もともと運試しからの応募であったので、当選した場合の心の準備ができていない。光雄は業者と酒を飲んだりするので、給料はそのぶん低くしていた。収入なども入居資格に合うように書類なども整えなくてはならない。

光雄は悠起子の顔を見た。

「住宅公団から補欠で当選と言ってきた。どうしようか」

これまで、肝心なことは格好だけの相談はするが、光雄の独断でほとんど決めてきた。だが、今度ばかりはそうはいかない。支払いのローンは三十年。悠起子の協力なくしてはやっていけない。買いたい気持ちは強いのだが、自分からは言い出しかねた。

西日の強い光が部屋を赤紫に染めている。悠起子は食事の準備の手を止め、光雄を見つめた。

「当たったの。すっかり忘れてしまっていたので変な気持ちだわ。くじも当たることがあるのね。補欠でもなんだかうれしいわ。あなたはどうしたいの」

光雄の腹はほぼ決まっているが、訊かれてすぐ返事すると反対されそうで、迷うようなふりをして言った。

「買いたい。こんな機会はそうそうこないだろう。せっかくきたチャンスを見逃すことになる恐れがある。次を待っていたらもうこないかもしれない。人生にはこんなことたびたびはない」

喋りながら、答えを押しつけるようで嫌だったが、補欠なんてそうそう舞い込んでくるものではない。仕事も上向いてきている。

「じゃ買おう」

拍子抜けするくらい、悠起子の決断は早かった。分譲のマンションを見たときにある程度心が動き、当たればいいなと内心は思っていたのだろう。外れと決まったとき半分はよかったと思ったが、本音は光雄同様に残念であったのだ。補欠で当選がきたという光雄の言葉にはっきり賛意を表明しなかったのは、お互いの意志の強さを確かめたかったのであろう。ローンを払っていく不安はあるが、車の免許を取ったことも悠起子を前向きにしたことは否めない。パート先を転々と変え、条件の良いところに移っていた。車があれば、引っ越しても免許を持っているから、少し遠くてもパートは探せると考えていたのだ。最初の下見の帰りに「いいところね」と言っていたが、いろいろ思案していたのだろう。

東京に腰を据えるようになって六回目の移転である。今回の引っ越しが終の棲家になるだろうと思った。悠起子は、光雄が漠然と感じたとおり答えを出した。悠起子には言わなかったが、一部屋でも広くなる住居に住みたいというのが本音ではない。藤波から後を引き継いだとき、会社の形態を株式会社に一新するつもりである。今は藤波商店である。そのため、資金繰りを今からしておく必要がある。印刷代やその他の雑費の支払いにいつも苦しんでいる。法人組織にすれば信用金庫とも相談しやすいのに、藤波はその考えを社員に相談しようとしない。結果は社員を苦しめることになり、運転資金に自分も苦しんでいる。そんなことから、藤波の後を継いだら株式会社に、と光雄は決めているのだ。しかも株は全員平等に持つ、代表権は最初は光雄が持ち責任者になる、と頭の中で図面を作っていた。そのためにも、蓄財がないので、担保にできる不動産が必要なのであった。

竹の塚から草加の分譲住宅に入居できたのは、十二月に入ってからである。会社から若い社員が手伝いにきてくれ、悠起子の兄も友だちが小型トラックを持っているので一緒にきて手伝ってくれた。手伝いの人たちの力を借りて、荷物は夜十時過ぎに新居に運び込むことができた。この年の十二月はことのほか寒気が強かった。まだ荷物が少し残っているので、悠起子と子どもたちは竹の塚の部屋に残り、翌日くることにして、新居には、光雄が運び込んだ荷物の番をかねて一人泊まることにした。

荷物の間に敷いた布団にすっぽり体を沈め、今日一日を振り返りながら、光雄はカーテンのない窓から光る夜空を見つめた。初めて人が住む新築の鉄筋コンクリートのマンションは、完成した後壁の中に冷気が閉じこもっていたのか、それが這い出してきて部屋を包み込む。夜が更けるにつれ寒気は増してきた。いつまでも睡魔がこない。周りはもの音ひとつしない。静寂の中に身体を縮めて闇を見つめ、睡魔を待つ。

竹の塚は日光街道に面していて、車の往来が激しく途絶えることがなかった。夜中に目覚めると雨の音がする。起き上がってカーテンを細目に開けて外をのぞくと、月の光があたりの景色を銀色に染めている。変だなと耳を傾けてうかがうと、車のタイヤが路面をこする音であった。それが毎晩続く。しかも、パトカーや救急車のサイレンが、ほとんどこれも毎晩のように鳴り、走っていく。人は環境の動物というが、よくしたもので、慣れると毎日音はして耳に入ってくるのに聞こえなくなっている。

ここにはそれがない。夜は深々時間を刻んでいく。静寂も深くなる。音のない世界はこんなにも静かなものなのか、と改めて知る。同時に、子守歌代わりになっていた日光街道の騒音が耳に入らないのが、変に落ち着きを奪うのか、布団の中を輾転として朝を迎えた。

引っ越して一週間もしないうちに、五階建て階段の左右十室に人がみんな入った。

悠起子はすっかり静かな環境が気に入って、徐々に自分の活動範囲を広げていき、顔見知りを増やしていた。団地には千五百に近い世帯が入居、小学校はもとより、医院、小さいながらもスーパーもあって、日常生活に困ることはない。難を言えば、光雄の通勤であった。東武電車までバスがあるが、駅そばの踏切を渡って駅の改札に入らないと電車に乗れない。朝はラッシュのため遮断機の開閉時間が短いので、車は数台しか渡りきれず数珠つなぎになり渋滞、バスはなかなか電車の乗り場駅に着かない。それさえ気にしなければ新居は快適である。

春の訪れを待ちかねていたように、休みには目の前を流れる綾瀬川に釣り人が姿を現す。都心の人波にもまれ仕事で疲れ切った身体には、いい気分転換になるのであろう。釣り人はほとんどマンションの住人である。鮒やときに鯉が釣れるのだ。川原に近づき後ろから様子を見ていると、子どもの頃近くの炭鉱の影響で土地が陥落してできた池や川に釣り竿をかついでいき、朝から夕方まで釣りにふけっていたことを思い出す。一日中部屋にいると、本を読んでいても退屈なだけである。人の釣りの様子を見ているだけではおもしろくない。駅の近くには小さな釣具屋がある。俺も暇つぶしにやってみようという気になり、その店に行き、安い釣り竿と浮き、釣り針など簡単な道具を揃えた。

綾瀬川は東京湾の潮の満ち引きに影響される。引き潮のときは川の流れは早い。浮きが役に立たないから、竿先の動きを見て魚の動きを判断する。見ていると、竿先がぴくぴく動く。餌に食いついているしるしだ。一時間もしないうちに子鮒が七、八匹釣れた。川原に腰を下ろして竿先の動きに気持ちを集中していると、仕事の様々なことから解放され、無心になる。釣れなければおもしろくないが、水面に青い空が反映し、その中をちぎれ雲が西から東にゆっくり流れる。それを見ているだけでも、仕事の疲れや鬱屈したものが抜け落ちていく感じになる。また、団地の住人とも、釣りを通して声をかけ合う仲になった。会社、仕事のことばかり頭の中は動いていたが、引っ越してから畑や田んぼの中を散歩したり、川釣りに興じていたりすると、自然に気持ちが穏やかになる。思考も広がるのだ。

会社の売上は、漸増だが年ごとに伸び、業界における新聞の影響力も増していた。業者から無視されることはなくなった。むしろ同業のほうが、あることないことをまき散らして足をひっぱろうとするようになってきた。良いほうに考えれば、それだけ注目される存在になったのだ。だが、経営は上向いているが火の車で厳しいことには変わりはなかった。業務の拡大が急務で、常に投資に迫られて給与のアップには至らない。それでも低いながらもまず安定した形で、みんなにわずかでも増えた金額を手渡せるようになった。

光雄はまず藤波の給与を増やし、次に社員の増額に手をつけた。また、浅田が結婚したので、光雄は自分より彼の給与のほうを多くしたこともあった。それができたのは悠起子の支えがあったからである。彼女は新聞販売店の手伝いからパートを始め、車を使って内職者へ小規模な人形作りの部品配達、ラーメン店の接客、近くにできたごみ処理の環境センター職員食堂の食事の手伝いなど、次から次に条件のいい仕事を見つけて働いた。その間将来を考えたのだろう、飲食業に必要な調理師免許を取得、いつでも商売ができる準備を整えていた。

調理師の免許をもらってきた夜、光雄が晩酌にいい気持ちになっていると、「資金のめどがついたらいつでも開店できるよ」と、うれしそうに語った。悠起子の生活設計は着々と進んでいたが、光雄にはもう転職の気持ちはなかった。前の会社を辞めたときから、今の仕事をなんとしても成功させたい一念で働いていた。

忍び寄る影

あの頃がいちばん幸せだったのかもしれない、と光雄は思った。
ひかりは静岡を過ぎた。三島からトンネルを抜ければ熱海だ。ネオンが煌めく不夜城。光雄は目にその光が見えてくるようであった。

新会社の起業から十一年、分譲団地に入って六年、光雄に大きな危機が訪れた。藤波が六十歳を超したとき、事務所の隅に光雄を呼んで、後を譲りたいと言う。藤波の息子は大学を卒業して就職、娘も働き始めた。藤波に仕事の責任がなければ、穏やかに日々を過ごすことができるのだ。後は、信頼している光雄に任せればうまくいくと判断したのだろう。だが、今は受けるわけにはいかない。資金の裏づけがなかった。常に藤波の給料を上げてから社員の分を良くし、光雄のが一番最後であった。これでは資金は貯まらない。藤波はそうした事情は知らないだろう。いつかこの日がくることはわかっていても、準備する時間がないのである。また、社内は切り回せても、業界では光雄のことはほとんど知られておらず、まだ業界で通用しないことがわかっていた。信用金庫との取引で若干の備蓄は会社にあるが、それでは会社は動かせない。藤波は、交代しても辞めるのではない。その間給与を払っていけるかと言えば、無理なことはわかっている。

藤波から話があってからは、できるだけ業界の会合には光雄が出席するようにつとめた。少しでも顔や名前を覚えてもらわなくては、引き継いでもうまくいかない。ほとんど仕事らしい仕事はしなかったが、業界での藤波の影響力は大きかった。

光雄が後継を断って二年が過ぎた。新年号が順調に発行できて二月に入って間もなく、いつも九時半には会社に姿を見せる藤波が、十時になってもこない。途中でどこかの業者と会ってお茶でも飲んでいるのだろうと、光雄は意に介さなかった。藤波がいなくても仕事に支障が生じることはなかったからだ。

その頃、業界団体のトップ理事長に不正ありのタレコミがあって、その不祥事を追及、各社に先んじてスクープとしてトップにキャンペーン記事を展開しようと光雄は浅田と決めて、誤報になったらたいへんなことになるので、取材と資料集めに慎重に動いていた。

そのため、毎晩のように関係者と会ったり、問題の理事長に近い周辺からの裏づけ資料集めに走り回ったりして、光雄にはほかのことは目に入らなかった。注意していれば、藤波の体調異変に気づいたかもしれない。デスクの前で、しきりに首筋をもんだり背中をたたいたりしていた姿が目に入っていたからだ。それまではスクープ記事が他社から先に出ないようにということばかりが頭にあって、藤波が具合悪そうにしていても気にも留めなかった。

寄り道にしても遅いなと思っていると、昼近くに電話が入り、

「今日は疲れが出たようで、休む」

と伝えてきた。光雄は、

「新年号もうまくいったし、ゆっくり休んでください。こちらは心配しなくても大丈夫です」

と告げ、そこで初めて藤波のことが気にかかった。

藤波はそのまま一週間休んだ。風邪を引き込んだようで熱が出た、と連絡が入っていたので、風邪ならと安心していた。また、藤波でなければ用が足せないような事案もなかった。会合などはしばしば光雄が代行していたので、藤波が顔を出さなくても業界は変に思

わない。休んでいることすら知らなかった。

一週間して、藤波は冴えない白っぽい顔色で出勤してきたが、半日もいないで退社した。体の様子は分からないが、翌日からまた欠勤が続いた。その間、光雄はキャンペーン記事や事務事項で藤波とは二日とか三日置きくらいに電話で話をしていたが、次第に元気がなくなっていくのが分かる。長引きそうなので一度は見舞いに顔を出そうと、三月の末に自宅を訪れた。起業する前までは何度も行っているので、懐かしい思いがした。藤波の家や周辺も様子が変わり、家も手入れができないのだろう荒れていた。庭いじりが趣味みたいだったので、庭だけは辛うじて形を成していた。それでも、十数年に及ぶ仕事との闘いを示すように、家のあちこちにほころびが目についた。光雄の責任ではないが、胸が痛んだ。

藤波は、布団を敷いたそばにある掘り炬燵にいて、光雄の見舞いを喜んだ。顔色こそ悪かったが、体の衰えはあまり感じられなかった。そこへ夫人がきて状況を話してくれた。話の様子では、病因がわからなくて、診察を受けてもはっきりした病名を言ってくれないと言う。聞いているうちに、光雄はひょっとしたらがん性の病気かもしれないと感じた。万一の場合を覚悟しておかなくてはならない。一瞬ではあったが、不吉な予想がよぎった。長居は病人にはよくないと、早々に辞去することにした。玄関まで見送りにきた夫人が、光雄にすがるような涙目をしていたのが焼きついていて、長い間離れなかった。

後でわかったのであるが、光雄が予感したように、後腹膜のリンパにできたがん性の病気で、病巣が発見しにくい場所であったため病因がなかなかつかめなくて、医者も病名を口にできなかったのだ。病勢は一進一退、中野の病院に入院したがはかばかしくなく、御茶ノ水にある大学病院に転院した。会社からそれほど遠くないので、時間を作り顔を出したが、そこが終焉の地になった。入院して十日足らず、七月初めに死去した。

会社は、光雄が中心になって、業界を揺るがしたキャンペーン記事を一年半にわたって展開した。媒体の評価は、このキャンペーンから一気に高まった。藤波の死はそんなときであった。予想外に多くの人が告別式に参列してくれた。藤波には良い手向けになった。創業十余年、死に花を咲かせることができたのを、光雄は喜んだ。藤波は言葉とは裏腹に行動が伴わなかったが、それは社内の者しか知らないことである。人柄の良さは昔から知られていた。加えて、常に正論を吐き、視野の広い男と評価されていた。光雄が藤波の誘いに応じて一緒に起業することを決めたのもそこにあった。

キャンペーン記事によって紙面は名声を得たものの、傷ついた人もいて、くすぶっていた反発が藤波の死で火を噴き、スポンサーを降りるところも出てきた。後を継いだ光雄はスポンサーが減ることは覚悟していたが、予測以上に広告中止は多く、一年で二割、それに近い売上が減少した。小口ならいいのだが、大手が二社、三社と広告を断ってきた。高まった評価と反対に、売上は急速に低下した。特に藤波が親しく頼りにしていたスポンサーが数社離れたのが痛かった。世の中の厳しさ、役に立つか利があるかによって人も企業も動く。おそらく藤波も、今光雄が味わっている思いを創業のときに嘗《な》めたのだろう。光雄は、当時の自分がいかに世間知らずであったかを思い知らされた。

藤波が死ぬ一年ほど前に、まだ会社は資金の蓄積がないのに、将来を考えて大阪に支局を設けた。当然藤波は早すぎると反対したが、光雄は強調した。全国ネットの媒体でないと、同業から常に注目されない。そのためには、ワンランク上をいかなくてはならない。いつまでも同業扱いでは注目されない。今なら業界で新しい媒体が出てきたと歓迎されているから、この評価を利用して礎がつくれる。狙いはよかったが、いつもうまくいくとは限らない。人の手当てもでき、本格的に大阪に手を入れようとしたとき、藤波が倒れ、半年後に死去したのだった。幸不幸は表裏一体だ。

東京のスポンサーが離れる。大阪どころではなくなった。社内からは大阪を閉鎖したほうがいいとの声があがる。二兎を追う者は一兎をも得ずであるとはわかっていたが、せっかく動き出した大阪を手放したくない。一年か二年か分からないが、東京が安定し藤波の後を仲井という男が引き継いだ、と知られるようになりだした。また、話題をまいた組合トップの不祥事事件のキャンペーンも、仲井がやりとげた、ということが浸透していき、光雄の存在が認知されだした。同時に、スポンサーも徐々に元に戻りだし、売上もなんとか上向いた。

東京は安定したが、試行錯誤の中で大阪支局の構想は止め、現地への出張という形でマーケットの拡大を図ることにした。大阪を閉鎖したことで、安月給に我慢してくれていた社員にも少しだが報いることができた。光雄の方針に反対して辞めていく社員が出ても不思議ではなかったが、全員残り、遅くまで汗を流し働いた。その間、同業者からは今につぶれると盛んに陰口をたたかれた。中には、光雄が親しくしているスポンサーのところまで行き、陰口を耳に入れる者もいた。ありがたいことに、そのスポンサーの担当者は、こんなことを言っていたよと教えてくれて、かえって応援してくれた。

藤波が永久に戻れない長い旅路に出てから三年近くたち、光雄は五十歳になった。藤波の葬儀が終わったとき、これから会社の経営をどうするかについて藤波家にも入ってもらい会議を開いた。もっぱら話は藤波家と光雄との間で交わされ、これまでは藤波の個人会社であった経営を、全員平等出資の株式会社に法人化した。代表取締役に光雄が就き、社員は役員になった。ここに至るまで藤波家と光雄との間で若干意見の食い違いがあったが、藤波の実弟が中に入ってまとめた。この会議で、起業当初から光雄が考えていた経営形態ができ、後顧の憂いなく会社の経営に当たることができるようになった。

責任は藤波同様一人で背負ったが、零細企業ではやむを得ないことである。その日は、春はそこまできていたが、三月とはいえ厳しい寒さがまだ残っていた。板橋にある中堅スーパーの専務に取材しているとき、急に悪寒に襲われた。

取材を約束した相手は売り場の総括責任者であったが、その日の朝、会社を訪ねると、専務も同席するのでよろしくと告げられた。光雄はこれは好都合、統括責任者では現場段階だけの表面的な話しか聞けないだろう、専務が同席となればかなり突っ込んだ話が出る、と喜んだ。予想どおり、話はうまく進行した。しかも、専務は二日前にアメリカの流通市場視察から帰国したばかりであった。そうしたことで、光雄からも日本のスーパー経営の現状や今後の動きなどを聞きたいようで、三十分くらいで取材はすむとみていたのが一時間以上も話し込んだ。

光雄は途中から頭痛が始まり、背中に寒気を覚え、気分が悪くなってきた。それでもせっかくの機会を逃がすわけにはいかないと我慢して耐えていたが、それも限界に達して取材を切り上げた。統括責任者にお礼を言って、本社の前にある店舗に案内してもらい、説明を聞きながら必要なところをカメラに収めた。体調に異変がなければもっとシャッターに収めたかったが、このままでは倒れるかもしれないと、お礼もそこそこに店を離れた。駅に行く途中に小さな公園があるのを思い出し、急いでそこに入り、ベンチを見つけて倒れ込むように横になった。寒気があるのではない、とにかく頭が割れるように痛むのだ。それは、これまで経験したことがないほどの強烈で変な痛みであった。コートを巻きつけるようにして体を包み、しばらく耐えているうちに、頭の痛みが軽くなり治まってきた。だが、今は治まっているが、いつまた先ほどの頭痛が始まるかわからない。このまま会社に戻るのは不安で、電話を入れ事情を説明して帰宅した。公園を抜けるとき、新選組を率いて活躍した近藤勇の朽ちかかった小さな碑が目に入った。合掌していると俺もこのようにして業半ばで終わるのか、という考えが、痛む頭を走った。

家に戻ると、幸い、悠起子は家にいた。パートが休みの日であったのだ。昼前に帰宅した光雄に驚いて、何事かという表情をする。

「会社どうしたの。何かあったの？」

「ちょっと体の調子が悪い。悪寒がするんだ。頭の具合もなんだか変だ。今は少しばかり治まっているが、いつまた痛みがくるかわからない」

今朝から起こった症状を簡単に説明した。

「そういえば顔色が悪いよ。医者に診てもらったほうがいいわ。今からなら病院も受けつけてくれる」

団地にも医院はあるが、設備の整っている総合病院がいいと悠起子に急かされ、越谷の市立病院に悠起子の運転するパブリカを走らせた。くも膜下出血の疑いがあると、ＣＴ検査をし、脊髄注射で出血を調べた。結果は、血圧が少し高いくらいでほかに異常は見られない。原因がはっきりしないから薬も出せない、と言われて終わった。そのうち悪寒も治まり、頭も軽くなって、病院を出る頃にはいつもの調子に戻った。

「何事もなくてよかったね」

「うん、だけど不思議だなあ。インタビューの終わり頃は、このまま持つかな、と心配だったし、駅の近くの公園にきたときは誰もいなくて、人も呼べない。救急車も頼めない。公園のベンチで、人生これで終わりかと思った。格好悪いがコートにくるまり、急いで横になったのがよかったのかもしれないね」

約束なしに専務に会えるなんてなかなかないことで、光雄は運がいいと舞い上がり、興奮したのが原因になったのかもしれない。いろいろ思案したが、なぜ突然死に至るかもしれない説明のつかない状態が起きたのか、何度考えてもわからない。光雄は呟く。

「現場で急に専務が会いたいと言ってきたので、緊張したのが原因かなあ」

「顔色もよくなってきた。今日はゆっくり休んだほうがいいわ」

その日はそれですんだが、六月に再び同じ症状が出た。朝、出勤の準備をしているとき、突然頭が割れるような痛みに襲われた。

梅雨に入って湿度が高い蒸し暑い日であるが、身体が寒気に震えた。痛いのか寒いのかどちらかわからない。光雄は頭を抱えて座り込んでしまった。

「頭が痛い。割れそうだ。どうしたんだろうか、この前と同じような痛みだ」

朝食の後片付けをしていた悠起子は、光雄が急に倒れ込むように椅子から離れ、座り込んで頭を抱えているのを見て、急いでそばに駆け寄った。

「熱はないようだ」

額に手を当てて言った。

「とにかく痛くて痛くて……」

「病院に行こう」

悠起子はパート仲間に電話を入れ、事情を告げてパートの仕事を休み、越谷の市立病院に向かった。気持ちが動揺しているのか、悠起子の運転がいつもよりスピードが上がる。大丈夫だ、ゆっくりでいい、と痛みに耐え、何回も光雄は声をかけるが、とにかく頭が割れそうになる。三月のときも悪寒がして驚かせたが、今度はそれどころではなかった。こんなに苦しむ光雄を見たのは悠起子は初めてだった。病院に着くと、安心感もあったのか、光雄の頭痛はすこし軽くなった。しかし、待合室で待っている時間が長かった。やっと順番がきて診察を受けたが、医者の問診を受けている間も激しい痛みがくる。前にかかっているので、違う医者であったが前回のカルテを見ながら何事か言い、CTでも膜下の検査をした。結果は少し血圧が高いが異常はない。前と同じように、原因がわからないから薬も出せない、と言われて終わった。そのまま帰るよりなかった。頭の痛みは相変わらず治まらない。

頭痛は断続的に襲ってくる。なんとも形容のできない痛みに歯を食いしばり声を抑え、布団の中で頭を抱え、あっちに転がりこっちに輾転して耐えようとした。じっとしておれない。このまま今の状況が続くとどうなるだろう。思考は完全に停止していて、少しも治まらない痛みに振り回されているだけだ。この状態が続いたらどうなるだろうか、などの考えはまったく浮かばない。ただこの痛みをなんとかできないものかと思うだけである。

三日間床についたきりで、起き上がれない。悠起子も、パートを休みつきっきりで世話をしてくれるが、そばにいるだけで何も手が出せない状態であった。四日目に入って、少し様子が落ち着いた。このままではどうすることもできないと、光雄は悠起子に付き添われて団地の医者に診てもらいに出かけた。歩いて十分足らずであるが、足腰が弱っていて足元がおぼつかない。横から悠起子に支えられるようにして、やっとの思いで着いた。医者に、これまでの症状、経過とともに越谷の病院の診断結果を話し、血圧を調べた。

「だいぶ血圧が高いね。ほかに異常がないというのであれば、降圧と鎮痛の薬を出しますから、それを飲んでとりあえず様子を見ましょう」

以前、親しくしていた組合の事務職員がくも膜下出血で三十歳過ぎの若さで突然倒れ、急死したことがある。そのときの症状が、光雄が味わったものに似ていた。ひょっとしたら、自分もくも膜下出血に近い症状だったのかもしれない、と考えた。運がよかったのだ。

家に帰って、医院で用意してもらった薬を飲んで布団に横になった。鎮痛剤に睡眠薬が入っているのか、しばらくするうちに眠ってしまった。目が覚めると昼を過ぎている。腹がへったなと思い、体を起こすと今までの痛みが嘘のように消えていた。あの痛みは何だったのだろう。光雄は不思議な気分になる。同時に、これは一時的なものでまた激しい痛みが襲ってくるかもしれない、という不安も拭えない。腹がへったと感じたのは、何日も激痛で食欲がなくろくろく食べていなかったからだ。夜は健康なときと同じように食事ができた。

「今晩痛みが出なければ、明日は会社に行けるよ」

光雄の言葉に、悠起子もほっとした表情になった。食卓を離れ、夕刊を広げていると横にきて、

「どう、大丈夫、気分は？」

顔をのぞき込んで、確かめるように見つめる。

藤波が急死のような形でいなくなり、会社の責任がいっぺんに光雄の肩にのしかかってきた。資金繰りと売上が常に頭を占め、大阪支局の閉鎖や同業紙に撒かれる「そのうちあそこは倒産するよ」という噂など、言いたい者には言わせておけと、自分では腹をくくって仕事をしていたから気にしていないつもりであったが、いつしかストレスになって、そ

れが溜まり高血圧症を誘発したのだろう。どんなに考えても、それ以外原因らしいものは思い浮かばないのだ。身体の状態が変わりやすい年齢を迎えていたせいかもしれない。

あの後、わけの分からない症状は一度も出ない。運が良かったんだ。それに引き換え、悠起子はかわいそうなことをした、と光雄の頭を離れない。帝王切開で二度も身体にメスを入れ子供を産んだのに、そのあと卵巣腫瘍で二度、続いて胆石の除去と手術している。おそらく身体は傷だらけであっただろう。思い出すたびにもっと早く、なぜ強く説得して病院にひっぱって行かなかったのだろうかと、所詮帰らぬ悔いばかり追っている。


光雄が倒れた原因は、高血圧の発症であった。一日三回降圧剤を飲むようになって、頭痛が起こることはなくなった。その頃たばこをやめたのも、血圧にいい影響を与えたようだ。仕事のほうも、体調がよくなるのを待っていたように上向いた。日本の経済が右肩上がりに急カーブを描き出したのも大きい。

業績は伸び、給料の欠配や遅れもなくなった。安かった給料も、零細企業なりに人並みに上げることができた。資金繰りが楽になり、気持ちに余裕が持てた。会社も業界から一目置かれ、業者との交流が多くなった。

家庭は悠起子の安定したパート収入が家計を支え、平成二年一月まで平和な時間が流れた。光雄は週のうち三日から四日は、会合や業者に誘われ飲んでいた。仕事が順調に伸びているので、夜の付き合いも苦にならず楽しんだ。

世はバブル景気に踊り、土地はうなぎ上りに高騰、ブランド物の高級品が飛ぶように売れ、会社、商店はどこも好景気に沸き、派手に海外旅行が流行した。その数年後にくる長い長いデフレ不況のトンネルを予想する者は、誰一人いなかった。光雄の会社は、このバブル景気に乗って基盤が固まったと言える。走って、走って、走り続けて、やっとひと息つけたのであった。

悠起子の健康に異常が起こるようになったのは、その頃からである。胃のあたりを押さえてしゃがみ込んだり、横になったりする。胃が痛いと言うのである。太田胃散を飲んで痛みを抑える。そばに寄ってなんとかしてやりたいと思っても、光雄には何をどうしたらいいか、痛みが治まるのを待つしかなかった。

「我慢しないで、明日でも医者に診てもらったほうがいい」

痛みで苦しそうにするたびに、光雄は医者に診てもらえと勧めるのだが、「そのうちに行く」と言うばかりで、日が過ぎる。見かねて光雄が食後の後片付けをしようとすれば、

「落ち着かない、そのままにしていて」と手出しすれば怒る。薬を飲んでしばらくすると、胃が落ち着くのか痛みが治まる。一週間か十日もすると、また痛みが始まる。薬が効いているのか自然と治まるのかわからないが、その繰り返しが続いた。

光雄は、女は頑固だ、我慢強いなあと思いながらも、医者のところに連れて行くようなことはしなかった。それでも痛みが襲ってくる間隔が短くなって、悠起子も重い腰を上げ、団地の医者に診てもらった。

光雄が仕事先の担当者に誘われて飲んで帰り、風呂から出る光雄を待っていた悠起子は、重荷が取れたように言った。

「今日、先生に診てもらったわ」

光雄はお茶をもらい、一口飲んだ。

「それで、どんな具合だった？」

あんなに光雄が「医者に行け」と言っても行かなかったのに、どんな風の吹き回しでその気になったのだろう。よほどこのところの痛みは、発作が始まると治まるまで時間が長くなってきたのだろう。毎晩のように帰宅が遅い光雄には、悠起子の様子はよくわからない。骨身にこたえるくらい悠起子の痛みは強くなってきているのかもしれないのに、光雄の頭の中は新しく考え始めた仕事のことばかりであった。代表取締役の席は半年前に降りていた。悠起子のことを真剣に考える時間はあったのだ。悪いほうの想像や、思いやりをはたらかせるべきなのに、しなかった。

「胆石があるから、病院で一度よく見てもらったほうがいい、越谷の大学病院に紹介状を書くから、という話だった」

「そうか。胆石は手術しなくては取れないのではないか。腎臓の石はおしっこで流れるからまだいいが、胆石は厳しい。早く入院して取ったほうが後々楽だよ」

安心したのか、悠起子は話を聞いただけでさっさと寝てしまった。

病院に行くときはついていく、とかなんとか優しい言葉の一言でもかけてやれなかったものかと食台を前にして何度も何度も今になって悔やまれるのであった。

悠起子の苦しむ姿を見ると、光雄はそばにいて助けてやれなかったのでよけい胸が痛む。一日も早く胆石の手術をしてもらいたいと願った。会社のほうも順調で、今なら休んで介添えもできるという計算も、光雄には働いた。

医者はいつでも紹介状を書くと言ってくれているのに、それから半年、悠起子は依然としてパートを続けた。

年が明けて一月中旬、痛みの間隔がこれ以上我慢できないというほど短く頻繁に起こるようになり、腰を上げげた。団地の医者と大学病院の間で話がまとまって、一月末に入院が決まった。悠起子の苦しむ姿を見るのももう少しの間だ、手術が終われば元のように元気な悠起子になる、と光雄はほっとした。

悠起子の入院を控えた三日前、業界団体の新年会を終えて同業の親しい友人と一杯飲んで帰宅した。団地の窓はどこもまだ明かりがついている。大寒を過ぎたばかりの真冬の夜空に月が煌煌と輝き、ひときわ寒気が厳しさを増したようだが、酒が入っているせいかそのわりにはあまり寒さを感じない。まだ正月の余韻があるのか、平和だなあと、幸せな気分で四階まで階段を上がって、ドアを開いた。いつもなら「お帰り」という悠起子の声がない。明かりはついているのに静かだ。テレビも消えている。

ダイニングを抜け居間に入ると、悠起子が炬燵で背中を折るようにして横になっていた。光雄はいつもの胆石の痛みが始まったのだろうと軽く考え、立ったまま悠起子の横顔をのぞき込んだ。

「胆石が痛むの？」

声をかけた。

「痛みもあるけど様子がおかしいの。お腹が張って破裂しそうなのよ」

そこまで喋ると、悠起子は苦しそうに顔を歪めた。光雄の帰りを待ちかねていたようで、顔を見たためか悲痛な響きの中にも安堵がこもった。光雄は寒さで酔いは醒めはじめていたが、事態の深刻さはまだ呑み込めていなかった。悠起子のそばにしゃがみ、肩に手をかけよく見ると、顔は青白く腹部は異常に膨れているのがはっきり見て取れた。たいへんだ。いっぺんに酔いが吹き飛んだ。

「病院に行こう。すぐ連絡する。なんで今まで放っておいたんだ。誰もいなかったのか」

入院の予約を取っている大学病院に電話を入れ、容態を説明すると、病院から車は出せないが連れてくれれば診察する、救急の窓口に連絡しておく、と返事があった。とにかく至急病院に連れて行かなくてはならない。今にも腹が破裂しそうな悠起子を見ると、一刻も猶予はできない。酒を飲んでの運転はまずいが、そんなこと言ってはいられない。万一を考え、帰ってきたばかりの娘の佐智を一緒に乗せて車を走らせた。心は急ぐが、酒を飲んでいるので事故でも起こしたらとんでもないことになる。悠起子の呻き声が耳に入り、スピードを上げたくなるが、気持ちを抑え慎重にハンドルを握った。わずか十二、三分の距離であるが、途中悠起子に異変が生じたらと気が気でなく、病院に着いたときは大きなため息が出た。

　正面玄関の横に救急の入り口があった。受付に用件を伝えると看護婦がきて、四階のナースセンターに同行、当直の先生を呼んだ。悠起子を見るなり、三十歳を少し過ぎた先生の表情に緊張が走った。

「診察室へ」

　それだけ看護婦に指示すると、先に立って急ぎ足で診察室のほうへ向かった。悠起子は看護婦に支えられ、よろめくような弱々しい足取りでついていく。光雄は診察室へ向かう悠起子の姿を見ながら、なんで車椅子で連れて行かないのだと、変なところで怒りがこみ上げてきた。それは、持って行き場のない苛立ちであった。

　光雄は廊下の真ん中にある談話エリアで、佐智とぼんやり外の景色を眺めていた。お腹が急に膨れるなんてどういうことだろうか。胆石と関係があるのかな。こんな症状は聞いたことがない。今日は同業の友人の誘いを断って、早く引き揚げてくればよかった。誰もいない部屋で、悠起子はどんな思いをして光雄を待ちわびていたのだろうか。不安にさいなまれて苦しみ続けていたに違いない。様々な思いが頭の中をぐるぐる駆け巡る。同時に、こんなときに付き合いとはいえ、酒を飲んでいい気持ちになっていた自分が情けなかった。

この一、二年の悠起子の状態は頭に入っていたのに、なんてことをしたのだ。もっと心を配っていれば、救急に運び込むなんてことはなかったはずだ。悔やんでも悔やんでも後悔が後から追っかけてくる。

病院は駅のそばで、六階の窓から見下ろすと走っている東武電車の上り下りの明かりがひっきりなしに目に入る。外の景色を見ていると、光雄は今緊急事態が悠起子の身に発生しているのが何か遠い出来事のように思えるのであった。一時間も待っていただろうか。佐智と二人無言のまま椅子に座り、考えるともなく焦点の定まらない思いに沈んでいた。病院にいるのが他人事のようで、今起きていることが納得できなかった。

「ご主人様こちらへきてください。先生がお話しします」

看護婦の声に、我に返って立ち上がった。案内された小さな部屋に、先ほどの先生が待っていた。そこは患者の容態を説明するための部屋のようで、テーブルが一つ椅子が二脚置いてあった。先生の手元には、四つ切りに伸ばしたレントゲン写真が何枚か広げられている。光雄が腰を下ろすのを待って、先生はよけいな心配をさせないように冷静な口調で話し始めた。

「お腹に水が溜まっています。私は当直医で専門ではありませんから、詳しい話は明日別の先生からあると思いますが、たぶん、腹水があるということはがんが発生しているとみて間違いないでしょう。レントゲン写真にもがん菌の浮遊があります」

がん？　この言葉を耳にしたとき、光雄に衝撃が走り、一瞬目の前が真っ暗になった。胆石のこと以外は頭になかった。信じられない思いで先生の顔を見つめた。しばらく言葉が出なかった。嘘だろう、そんなことあるもんか、と先生の顔を見ながら腹の中で呟いていた。だが、医者がレントゲン写真まで見せて、がん菌の浮遊がこれです、と説明したのだ。

「先生、がんですか。何のがんですか。良性ですか悪性ですか」

畳みかけて訊いた。自分でも声が上ずっているのがわかった。

「ご主人、落ち着いてください。私は専門医ではないから確かなことは言えませんが、腹水になるとだいたいがんに侵されていることが多い。レントゲンにもはっきり出ています。良性悪性の判断、病巣がどこかは、明日専門の先生の検査を待ってからになります。とりあえず今日は腹水を抜いて、応急の処置をしておきます。水を抜けばだいぶ楽になります」

このまま入院させ、明日の検査の結果を待つしかなかった。看護婦から手続きについてこまごま話を聞き、悠起子の元に戻った。がんという言葉だけは抜いて、先生からの説明を伝えた。

「今晩は安静にしなくてはならないから入院になる。詳しいことは専門の先生が明日検査するから、その結果が出てからになる。心配しなくても大丈夫だ」

我慢に我慢を重ねてきた疲労困憊の悠起子は、口をきくのもおっくうなようで、力のない表情で頷くだけであった。腹水を抜く準備ができるまで臨時の病室に入っていた悠起子は、車椅子で治療室に運ばれていった。そばについていた佐智が「お母さん、大丈夫だろうか」と何度も不安そうに訊くのだが、「心配しなくていいよ」と、そのつど同じ答えをするしかなかった。

長いのか短いのかわからない時間が流れ、悠起子が今度はベッドで戻ってきた。

「今晩はこの階に休ませますが、明日からは三階です。そちらに十時頃までにきてください」

帰り際に看護婦から言われ、お礼を言って団地に戻ったときは夜中の十二時を過ぎていた。

炬燵に入ると、わけのわからない疲労感が一気に押し寄せ、自分でも思考が混乱しているのに気がついた。どうしようもない状態に陥ってしまった。悠起子のがん宣告が、脳の働きを狂わせてしまったのだ。先生の言葉は断定ではなかったが、ほぼそれに近い言い方であった。医者は数多くの症例を見ていて、その経験から所見を述べる。まず間違いない。それも相当な重症だ。佐智も同じなのであろう。自分の部屋に引っ込んだまま出てこない。

いつも横にいる悠起子がいない布団に潜り込み、暗闇に目を凝らしていると、天井が動くような気がしてくる。仕事から帰って数時間しか経っていないのに、長い一日であったように思え、頭の芯に重い痛みを覚えた。まだ残っているアルコールが頭の芯に凝固しているのかもしれない。あれこれ思いが乱れ、目は冴えるばかりであった。

翌朝、睡眠不足のはれっぽい目をして重い頭を抱え、病院へ行った。悠起子はかなり落ち着いた様子だったので、光雄はほっとした。

昨日の先生の言葉は万一の場合のことを言ったのであって、本当はそれほどのことではなかったのではないか、と楽観的な気分になる。医者はおおむね最悪のことをいつも言うものだと、何回かの治療経験から自分に都合のいい受け止め方をする。腹水にがん菌がいたとしても、それが直ちに身体に取りついてがんの病気を引き起こすとは限らない。自分を安心させるために、都合のいい解釈をしていた。

悠起子の診察は午前中いっぱいかかった。佐智は学校へ行っていていないので、光雄はいろいろ妄想に襲われ、待合室の中を落ち着きなく転々とする。

この日は高崎のスポンサーとPR紙の打ち合せが入っていた。十一時から先方の会社で記事のネタについて検討、その後ミーティング、夜は社長と食事というスケジュールになっていたが、病院から電話で事情を説明、延期してもらった。会社にも、女房が体調を崩したので高崎出張を中止し、今日は休むと連絡した。やることをやってしまうと、何もすることがなくなる。診察が終わり、先生からの呼び出しを待つだけになった。担当医はメガネをかけていて、小柄で三十代、声の細い静かな先生で、どこか頼りない感じがした。

昼近くやっと検査が終わり、悠起子は病室に戻ってきた。代わって光雄が看護婦に案内されナースセンターに行くと、奥の小机を前に、先ほど見た先生が座っていた。

「まあ、おかけください」

と言いながら椅子を勧めた。

先生は書類を開いてじっと見ている。どう説明したものか考えているようであった。カルテは光雄からさかさまであるが、見える。患部の簡単な図解とともに、いろいろ書き込みがしてある。ドイツ語と日本語がまじりあっていて内容はわからない。先生はやおら顔をあげ、光雄を見つめ口を開いた。

「昨日お聞きになったと思いますが、腹水にがん菌が見られ、がんが発生していることがわかり、精密検査の結果、卵巣に腫瘍が見つかりました」

「そうですか。で、悪性ですか、それとも良性ですか」

「悪性です」

光雄はいちおう覚悟をしていたが、がんそれも悪性と言われ、一縷《いちる》の望みも断たれた。ショックは大きかったが、続いての言葉がさらに追い打ちをかけた。

「かなり進行していて、手遅れです」

先生の顔を呆然と見ているだけで、何か説明できないものが音を立てて崩れていく。光雄は医者の顔を見ているだけで、何を尋ねたらいいのかわからない。先生も黙って光雄を見ている。長い時間無言が続いたようだが、事実は数秒であろう。

「あとどのくらい保つのでしょうか。余命はどのくらいでしょうか」

光雄は自分では冷静に受け止めているつもりでも、語尾が震えるのが分かった。動転している、しっかりしなくてはならない。悠起子に何と説明したらいいのだろうか。半年の命か、一年か、いや昨日の夜の苦しみようでは一カ月か、三カ月かもしれない。先生は多くの患者を診ているからある程度分かっているのだが、言わないだけだ、と勝手に想像する。

「なんとも言えません。手術してがんと闘っていくようにしましょう。ご主人も頑張ってください。私も全力を尽くします」

希望を抱けるような言葉は一言も聞けなかった。助からないのだ。真っ暗闇に突き落とされた感じであった。最近は、がんについては告知をしたほうがいいと言われ始めている。悠起子にどう告げたらいいいか、自分が受けたショックを思うと、どう対応したらいいかわからない。

「先生、女房にはっきりがんと言ったほうがいいでしょうか」

「いや、がんの告知はやめましょう。言わなくてもわかってきます。卵巣に腫瘍ができているので、手術で摘出しますと伝えておきました。がんという言葉は使っていませんから、ご主人もそのように説明してください」

本当にがんと言わなくていいのだろうか。死がそこまできているのに、ごまかすような曖昧な言葉に、悠起子は喜ぶだろうか。

ガラス越しの窓いっぱいに青空が広がっている。鈍い冬の陽が乾いた空気を通し降り注いでいるのがぼんやり目に入る。

光雄は医者と話をしながら、気分は絶望状態であるのに、今起きていることがそらごとのように思えるのだ。悠起子ががんとはどうしても信じられないのだ。それも、あといくばくかの命、の宣告。まだ何年かは元気で過ごせると言ってくれれば少しは救われるが、医者はそんな甘いことは口にしない。

死の訪れがいつかは別として、近いうちに必ずくると結果が出ているのに、手術次第だ、と自分に都合がいいほうへいいほうへと考える。だが、現実はこれまで悠起子と築いてきたものが音もなく崩れ出したのだ。

悠起子はベッドで待っていた。症状は落ち着き、かなり元気を取り戻していた。

「先生、何て言っていた？」

「卵巣に腫瘍ができているから、手術しなくてはならないと言っていた」

光雄は、たいした病気ではないと思わせるよう気軽に言った。

「腫瘍ってがんのことでしょう？」

「がんとは言っていなかったよ。取ってしまえば大丈夫と言う話だった」

「がんじゃないの？」

疑い深い顔つきであったが、それ以上問いかけようとはしなかった。訊いても本当のことは教えてくれない、と諦めたのかもしれない。なんとなく力が抜けたような表情になっていた。しばらくして、気分が落ち着いたのだろう、入院に必要な衣類や細々したものを光雄に頼んだ。手術の日は、外科の教授と執刀医を決めて相談することになった、と悠起子に伝えた。

悠起子のがん宣告は、いきなりハンマーで頭を殴られたようなショックを与え、死がそこまで迫っているという説明には、いぜん実感が伴わない。昨夜、お腹が異常に膨満し、肩で喘ぐように息をしている姿を見たときは、このまま死んでしまうのではないかと慌てたが、今はベッドにこそ横になっているが、いつもの悠起子である。医者の説明を一つ一つ復唱して納得しようとしても、たったひと晩の腹痛ではないか、それが助からない悪性のがんとは、そんなバカなことがあるか、と否定したくなる。万に一つの奇跡であれ、すがりたいのだ。

悠起子の死

ひかりは熱海を過ぎた。何分もしないうちに小田原を抜けて、きらびやかな大都会のネオンが増え、ひかりの窓を埋める。あと数十分で、悠起子が待つ東京だ。

昨日悠起子の病室を訪ねたが、悠起子は頑張れるだろうと勝手に思い込み、大阪に入ったのだ。こんな気持ちになるのなら、やはり大阪に出張するべきではなかった、と光雄は京都から何回もくり返している言葉を、また口にした。

卵巣の手術を終えてから五年間、悠起子には入退院の闘病生活が続いた。手術の後始末ったがんとの闘いは厳しく苦しいものであった。治療は放射線でなく投薬、注射による方法がとられた。それが終わると一、二日は激しい嘔吐が何回も押し寄せる。そばに付き添っている介添人もいたたまれなくなるほどであった。本人はそれ以上に想像を絶するものであったに違いない。そんなことが何回か続いた後、悠起子は毎日会社の帰りに立ち寄る光雄に、治療の日から二日間はこないでくれ、こられると落ち着かないし、苦しむさまを見られたくない、と言い出した。光雄は、悠起子の言葉に救われる思いがした。ベッドで九の字に身体を折りたたみ、バケツみたいなものを抱え、嘔吐に耐える姿を見るのは辛いことであった。

立春、啓蟄、春分と三寒四温を重ねる季節の移ろいとともに、悠起子の病状は回復してきた。点滴をぶら下げた器具を押して病院内を歩き、足腰の動きを元に戻す訓練をしていた。二カ月ほど入院し、退院してきたときはすっかり弱っていて、足取りは横から支えないとおぼつかないほど衰弱していた。退院の日、悠起子は病院を出て車が街中を走り出すと、団地に向かう道々の光景を珍しそうに凝視していた。

家に帰ると、マンションの前の綾瀬川の桜並木は満開で、悠起子は部屋の窓からじっと見つめた。そんな姿の悠起子を、光雄は横から黙って見守った。表面平静な顔をしていたが、内心の喜びは言葉に尽くせぬくらい大きかった。やっと元の暮らしが始まる。以前の暮らしに戻れるのだ。そう願いたいが、そんなことはかなわぬ夢である。それを承知していても、なんとか元気になって退院した悠起子を見ると、ともすれば楽観的な気分になるのだ。

それから平成六年の春まで、退院後の四年間は、悠起子は定期診療のため一定の期間をおいて、三週間入院、退院すると二、三カ月家にいる、という生活の繰り返しが続いた。その間、どういう心境かわからないが、悠起子は以前のようにパートに出ていた。誰もいない家にいるよりもパートに出ているほうが必ずくる入院の重苦しさを忘れることができ、気分も転換できるのかもしれなかった。また、市川からしばしば遊びにくる利恵やパートで親しくなった河辺麻子などの友だちと日帰りの旅行をしたり、大手術をしたとも思えない元気さで過ごした。入院中に胆石の手術もした。胆嚢には海岸の細かい砂礫のような石粒が詰まっていた、と語る。悠起子は手術の後それを見てどう受け止めたのだろうか、と光雄は手元に置いてあった砂礫にじっと見入る。

湯上がりに裸でいるときなど、悠起子の体はいくつも手術の痕が走っていて、光雄はまともに見ることができず目をそむけていた。結婚したときの艶やかに光っていた肌はどこへ行ったのだろう。すべて自分の気遣いが至らなかったせいであると自戒するが、もう遅いのだ。

あるとき、退院の手続きが終わって家に着く時間が昼になった。光雄はふと思いついて、

「うちで昼を食べるのもいいが、以前よく行った寿司屋に行ってみないか。気分が変わるのもいいだろう?」

と言うと、喜んで応じた。

「じゃあ、いつもの親父のところにしよう。それでいいかい」

悠起子が喜ぶのがうれしかった。寿司屋への道の左右にハナミズキの街路樹が満開で、ほのかなピンクと真っ白が入り交じって続く。悠起子のしばしの退院を祝ってくれているようであった。

光雄の生活は、悠起子の入退院のスケジュールに合わせて仕事の予定を組むようにした。そんな日々が一年、二年と続くうちに、がん宣告当時の衝撃がともすれば記憶から消える。病院に送る日は何か別荘に連れて行くような、軽い気持ちになっていた。日々の経過とともに、あの夜の驚愕、混乱の記憶は薄れていくのだが、がんは深く静かに悠起子の肉体を食い荒らしながら、進行していた。しだいに弱ってきているのがなんとなくわかっていた。退院してしばらくは、食事のあと光雄が後片付けをしようとすると、よけいなことをするなと怒り出すのであったが、年月の進行とともに「悪いね」と言ってじーっと見ているだけになった。

定期の入院であったが、平成四年の春、検査の後、主治医の言葉はいつもとは違っていた。

「がんが腹部に転移していて、退院まで相当時間がかかる」

がんにかかっているのだから、入院の日が延びても仕方がない。長くて二カ月くらいだろうと軽く考えていた。ところが、状態は相当深刻な状況にあったのだ。娘の佐智の結婚式が六月に決まっていた。なんとしても出席させてやりたい。無理を承知で主治医の先生に頼み込み、車椅子の準備や、万一の場合の救急車の手配などもお願いして、なんとか式に出席できた。途中の異変に備えて痛み止めの薬を何度も口にして、挙式、披露宴を乗り切った。娘の晴れ姿を目にし、新郎新婦から花束を手渡され、涙を堪えている悠起子の姿に、光雄は無理したが出席できてよかった、としみじみ思うのであった。

秋に入って主治医から、まだ体力があるので新しい治療方法だが腹部を穿孔《せんこう》手術すれば回復が期待できるかもしれない、と話があって、その治療をした。だがはかばかしい結果は得られなかった。次第に衰弱していくのが、目に見えて分かった。正月は一日でも二日でもいいから家に連れて帰りたかった。今の悠起子はいつ危機状態に陥ってもおかしくないところにいる。だが、新婚の二人にとっては初めての正月だ。家族が集まった賑やかなお祝いの中に悠起子を入れたい。二月早々には初孫も誕生する。病人も二、三日なら帰宅を許されることがある。一時退院した患者の空ベッドが並ぶ。悠起子の視線はどこを見ているのだろうか。想像しただけでいたたまれない気持ちになる。子どもたちもわかっているようで、光雄が口を出す前に病院に行った。それが光雄と悠起子の最後の正月であった。新しい年に入ると、悠起子の病状は悪いほうへ加速した。苦しそうにしている状態を目の前にしていながら、悠起子は今死を前にした床にいるのだとの思いを、光雄は否定したかった。

悠起子の入院以来、光雄は毎日会社の帰りに顔を出すのが日課のようになっていた。初めのうちはなにかと話もあったが、病勢が進むにつれて会話は少なくなり、ベッドの横に三十分もいると、「じゃあ、またくるね」と言って帰る日々になっていた。光雄が帰り着くのは七時を過ぎていた。佐智が夕飯の用意をしてくれていたから助かった。風呂に入り、軽く酒を飲み食事をすませると、十時近くなる。ときどき悠起子は、「食事はどうしている」と訊くことがあるが、「佐智がやってくれている」と言うと、安心したように表情がゆるむ。大病を患っているのにそんなことまで心配するのか、と思うと、男って何もできないのだなあ、と悠起子のありがたさを痛感する。

悠起子は次第に無口になり、仕事帰りの光雄を見ても黙っているだけで、天井を見ているばかりの日が多くなった。光雄がきたのはわかっているようだが、言葉を口にする気力はないのだ。自分の中を去来する何かを追っているのかもしれない。あんなに結婚を喜んだのに、娘は自分たちのことに追われて、あまり顔を見せないようだ。悠起子は、ほんの少し前までは点滴をぶら下げた器具を手に廊下を歩いていたのに、その気力もなくなったのか、ベッドに横になっているだけである。

同室の人たちは、見舞いにきた腹の大きくなった佐智を見て、悠起子を元気づけようと励ましてくれる。

「赤ちゃん、そろそろだね。仲井さん、頑張って初孫早く抱けるようにしなくちゃね」

日頃から口数の少ない悠起子は、気分のすぐれないこともあって、「うんうん」と口の中で呟くが、表情は日ごとに失われ、冴えないものになっていく。

そばにいる光雄も、「そうだよ、頑張れ」と、言いたいのだが、もう十分にがんと闘ってきている、これ以上無理をさせるのは残酷だと、励ましてくれる善意の人たちに言いたくなる。ただ黙って頭を下げるのみであった。

二月に入ってまもなく、佐智に女の子が生まれた。光雄は佐智の病院に見舞いに行き、

その足で悠起子の元を訪れ、佐智と初孫の様子を伝えた。悠起子は仰向けになって薄く目を開け、光雄が、

「女の子で小さい赤ちゃんだったよ。親子とも元気そうで、何事もなければ一週間くらいで退院だそうだから、まもなく会えるよ」

と言うと、悠起子の表情が少し動いた。何も語らないが、ひそかに心待ちにしていたのに違いない。喜びを体で示せるほどの体力は残っていないようであった。食事はほとんどとれず、配膳されたものは手つかずで戻る。栄養は点滴だけのようであった。潔癖症でトイレも自分の足でなければ承知しなかったが、ベッドの横に移動便器を常備してもらい、看護婦の手を借りなくては用を足せないように衰えていた。

初孫が生まれて一週間が経った。日曜日の昼前である。光雄は、明日行われる予定の新年恒例の大阪の初市に行こうかやめようか思案していた。そこへ佐智から、赤ん坊が明日退院する、と電話がきた。休みの日はいつも三時を過ぎて病院に行くのだが、大阪出張のこともあって早く悠起子に知らせようと、昼飯を早々にすませ車を走らせた。日曜日の病院は面会時間が一時からになるので、廊下や病室などは見舞客や家人で行き来が多い。

悠起子は眠っていた。ベッドの傍の丸椅子に腰を下ろし寝顔を見ていると、人の気配を

察したのか、ゆっくり目を開けた。焦点が合わないようで、しばらく光雄を凝視していた。

「きていたの」

「うん」

喋るのがたいぎそうであった。

「佐智から、明日退院するから、その足で顔見せに赤ちゃんを連れてくる、と電話があった。よく動くようで、元気な子でよかったね」

喜ぶだろうと思い、佐智の伝言を伝えた。

「そう、連れてくるのね……」

うれしいのだろうが、それを表したい顔は無表情で、じっと光雄を見つめていた。

「そうだよ。どんな赤ちゃんか楽しみだね。見ると元気が出るよ。俺も一緒にいたいが、明日から大阪で新年の初市があるのだ。恒例の行事だ。ここにいなくてもいいかな」

悠起子は顔をわずかに動かした。彼女の態度をどう受け止めればいいのか、光雄にはわからなかった。主治医と相談して決めることにした。そんなことを考えていると、目をつぶって受け答えしていた悠起子が急に目を開き、同じ団地にいるパート仲間の友だち、河辺麻子の名前を言って、

「今日、ここへ麻子さんきてくれないかな」

と、光雄に言った。

珍しいことであった。悠起子は、肉親の姉や兄弟にも、きてくれなど言ったことは一度もなかった。それに比べて、麻子は仕事の帰りにわざわざ時間を作り三日と空けず病院に寄って、なにかと世話をしてくれた。人に面倒をかけるのが嫌いな悠起子が呼んでくれと頼むのは、よほどのことに違いない。初孫がくるので、光雄ではわからない頼みごとでもしたいのかと考えながら、ナースセンターの前にある青電話を回した。誰もいないようで、呼び出し音が空しくコードを伝わって響くだけであった。今日は日曜日だ。もうすぐ夕方になるから、家族で買い物にでも出かけているのかもしれない。諦めて、電話機を置いた。

「誰もいないようで、繋がらない。後でもう一度電話してみよう」

悠起子は、何か意味不明の言葉を呟いて、

「わかったわ。もういい」

それだけ言うと、疲れたのか目をつぶってしまった。やつれが顔全体を覆っていた。光雄は小さな丸椅子に腰をかけ、悠起子は今何を考えているのだろうか、ひょっとしたら死を考えているかもしれない、などと悪い想像ばかりしていた。一時間ほどして、念のためもう一度麻子に電話をした。やはり呼び出しに応える気配はなかった。真冬の外は陽が落ちるのも早い。暗くなっていた。明日の大阪出張のことが頭から消えない。家に帰ってからでももう一度電話を麻子にすればよかったのに、なぜ気が付かなかったのだろう。今までそんなことをしたことのない悠起子が電話を頼んだのは死の近いことを悟り、世話になったお礼の一言を言いたかったのではあるまいか。葬儀が終わり一人になった部屋で悠起子のことを思い出していると、電話が繋がらなかったことがいつまでも消えない。なぜあの時彼女の心情まで自分の気持ちが及ばなかったのかと悔やみ後悔を何回しても空しいだけである。

明日のことを先生に訊かなくてはと、ナースセンターに行くと、当直の看護婦と医者がいた。主治医ではないから相談して大丈夫かなと思いながら、明日の出張を話し、悠起子の様子が気になると告げた。医者はカルテを見て、「何が起きてもおかしくない状況です。いつでも連絡できる状態にしておいてください」と言って、はっきりしたことは言わなかった。出張は一泊二日のことだ。今までもそうだったから、今度も大丈夫と、光雄は自分に都合のいいように判断、病院を後にした。

車を走らせながら、明日佐智が初孫の顔を見せにくるというのが気持ちに引っかかった。

これまで懸命に闘ってきたのが、初孫を見て気持ちにゆるみがきて、病勢に影響を与えるのではないか、という不安が頭をもたげてくるのである。それを予感といえば予感であろう。それが当たったのである。

さすがに、大阪の年初めの新春見本市は、お祝いも兼ねていて活気があった。会場を一回りしたあと、奈良にあるスポンサーのところへ向かった。いつもは忙しくて席を空けている社長が、会社にいる、と聞いたからだ。久しぶりに会うので時間が長引くぞと覚悟はしたが、やはり長引いた。大阪で友だちと夜の会食を約束しているので、再び大阪に戻らなくてはならない。話が終わって訪問先からタクシーで奈良駅に入った。五時半を過ぎている。ホテルに行ってチェックインする時間がない。駅から、予約しているホテルに電話をかける。

「今晩お願いしている仲井です。チェックインは十時を過ぎると思いますが、よろしくお願いします」

フロントは、いつも大阪に出張するときは利用しているので光雄を知っている。受話器を取った彼の声は待っていたようで、いつもと様子が違っていた。

「わかりました。実は伝言が入っているのですが、メモをお読みしましょうか」

それを聞いただけで、内容についてはピンときた。予想したとおり、メモは娘の佐智からで、「すぐ帰ってこい」というものであった。伝言を聞くと、光雄はフロントに「急用ができた、東京に戻らなくてはならない。宿泊はキャンセルしてください」と頼み、夜の会食も、待ち合わせの店に電話を入れ「今日は駄目になった、東京に戻る」と伝言を頼んで、京都駅へ向かった。

その間光雄は、自分が何をしているのかわからなかった。悠起子のことだけがただ機械的に頭の中で動いているだけであった。少し落ち着きだしたのは、京都駅にかけこみ、発車間際のひかりに乗ってからである。座席に腰を下ろしほっとしたら、車内は暖かいのにわけのわからない感情が押し寄せてきて、体が小刻みに震えた。ここでバタバタしても何もできない、東京に着いてから、やるべきことを考えればいいのだ、と光雄は思った。そのとき、家で光雄からの連絡を待っているであろう佐智のことに気づいた。今東京に向かっていると、一報だけは入れておこうと立ち上がり、電話機を探した。

デッキで電話機を見つけ、テレホンカードを差し込んだ。光雄からの電話を待っていたらしく、一回のコールで佐智が出た。

「お母さんに何かあったのか」

何が起きたかおおよそ予測はついているが、佐智が混乱しないように落ち着いたふりをした。

「今どこにいるの？　お母さん死んじゃったよ。早く帰ってきて……。どうしたらいいの」

佐智のうろたえている様子がわかった。

「そうか。昨日病院を出るとき少し変だったからね。死んだのか……。もうすぐ名古屋だから、二時間少しで東京に着く。どこへ行けばいい？」

「病院にきて。お父さんがくるまでお母さんはそのままにしておきます。今までいた病室から、遺体はほかの部屋、霊安室に移動されているからね」

光雄は、やはりそうだったのか、と受話器を置いて座席に戻った。予感が当たったのだ。自分では落ち着いているつもりでいるが、もしかすると奇跡が起きて、目を覚ました悠起子に会えるかもしれないなどと、わけのわからない期待をした。昨日の悠起子の様子が思い出された。

昨日は夕方病院に行き、悠起子の様子を見たらかなり弱っているようで、話しかけても上の空のようであった。「明日大阪に行くけど大丈夫か」と尋ねたら首を振って頷いた。

喋るだけの気力がなくなっていたのに違いない。なんとなくわかっていたのに、まだ何日かは大丈夫、それより仕事のほうが先だと、当直の先生の曖昧な説明に心を決めて出張してしまった。

こんな状態でいれば何をしでかすかわからないと考えているところに、車内販売がきたので、夕刊を買った。読んでいれば少しは落ち着くだろうと手にしたが、目を通しても目に入るのは文字だけで、内容は少しも入らない。同じ個所を何度も行き来している。考えることは、出張をなぜ止めなかったのかと自分を責めるばかりだ。いまさら悔いてもどうしようもないが、それでも悔いが出る。このときがくることは覚悟していたのに、いざそれがやってくると思考は混乱し、何から手をつけたらいいのかわからなくなる。光雄は、小心な自分が情けなくなってくるのであった。

ひかりは東京駅に静かに滑り込んだ。周囲の乗客は下車の準備に立ち上がり、荷物棚からショッピングバッグやカバンを下ろしたり、大きく伸びをしたり、弁当箱や飲み物のびん、かんを片付けたりする人でざわつきだした。病院に急がなくてはならないのに、光雄は深々と腰を下ろしたまま、いぜん回想にふけっていた。

俺と一緒になって、悠起子はよかったのだろうか。俺は自分のことばかり考えてやってきたような気がする。生まれて六十年のうちちょうど三十年、悠起子とは同じ年、苦労しながらともに歩いたが、どのくらい幸せだったのだろうか。悔いても始まらない反問が押し寄せる。

ひかりを降りた客は、列車を離れると構内の光の中に散っていく。光雄も急ぎ足でホームを歩きながら、腕時計を見ると十時を過ぎていた。東京に戻ったという安心感と同時に、病院で悠起子はどんな思いで待っているだろう、と思った。既にはるか遠く未知の世界に旅立っているのはわかっているのに、光雄は会えば一言くらい何か話ができそうな気が消えないのだ。ホームを歩く足が自然に小走りになる。

上野で地下駅に乗り換えた。遅い時間にもかかわらず車内は混んでいる。女房の死に目にも会えず遺体の待つ病院へ急いでいる男がここにいるなんて、誰も知らない。乗客はそれぞれ自分の世界にいてさまざまに思いを巡らせている。新越谷に着くと、やっと着いたという思いとともに、空しさがさらに強くなってくる。病院の窓はほとんど明かりが消えていて、白い箱のような建物が街灯の中に無表情に姿を見せていた。救急の出入り口に行き、事情を話すと、ナースセンターに連絡を入れ「どうぞ」と丁寧に言い、院内へのドアを指した。

悠起子の病室は本館と通路で結ばれている別棟の四階である。エレベーターホールはそこだけ明るいが、廊下は明かりの光量が落とされてうす暗い。四階で降りると、光雄は誰もいない通路を急ぎ足で進む。一足ごとに強い虚脱と深い寂寥に陥っていく。一緒になって三十年、ここへ来て仕事の業績も年々上昇している。家族と一緒に楽しめる域にはいってきた。八合目がすぐそこだ。それもこれも悠起子のおかげだと声をかけたいのに、彼女の力は尽きたのだ。通いなれた病室が近づくにつれ、光雄の足は重くなる。ナースセンターに行き看護婦に声をかけると「遺体はすでに病室から地下の霊安室に移されました」と無表情に伝える。ああ、あのベッドにはいないのだったと病室に目をやっていると、看護婦は「地下の霊安室でご家族の方がお待ちになっています」と加え、場所を説明した。エレベーターで一階に降り、地下への階段を一段一段踏みしめ降りる。最後の階段を降り、廊下に一人立ったとき、ポロリと涙が一粒こぼれた。気を取り直して歩き始める。悠起子が待っている。光雄の靴音が、静まり返っているうす暗い廊下を低く這うように後を追う。

今日、佐智は昼前に夫婦揃って赤ん坊を連れて悠起子のところにやってきた。悠起子はベッドに横になっていた。看護婦にベッドの背を起こしてもらい、佐智から初孫を抱かせてもらうと、悠起子は孫の顔をのぞき込んで安心したように笑顔を見せた。二十分ばかりいて佐智夫婦が帰ると、それまで耐えていた疲れと初孫に会えた安心感が一度に出たのか、悠起子は横になった。昼になっていたが、出された食事は見るだけで、やっと一口、二口食べ「もういいわ」と断り目をつぶった、という。少しして隣のベッドの人が、起き上がったついでに、

「お孫さんに会えてよかったね」

と、悠起子に声をかけたが、反応がなかった。看護婦を呼んだが、悠起子は二度と目を開くことはなかった。誰にも看取られないまま旅立っていたのだ。

了

著者プロフィール

大隈 雄三（おおくま ゆうぞう）

昭和9年　　福岡県飯塚市生まれ
昭和28年3月　嘉穂高等学校卒業
昭和32年3月　中央大学法学部卒業
　　　　4月　株式会社文具界入社
昭和43年9月　ザ・トピックス社創業に参加
昭和55年8月　創業者の死去にともない事業を継承、法人化して
　　　　　　株式会社ザ・トピックス社代表取締役に就任
平成13年4月　同社退社、現在に至る

著書
『落ち鮎』（2020年、文芸社）

八合目を前に散る

2024年6月15日　初版第1刷発行

著　者　大隈 雄三
発行者　瓜谷 綱延
発行所　株式会社文芸社
〒160-0022 東京都新宿区新宿1-10-1
電話 03-5369-3060（代表）
03-5369-2299（販売）

印刷所　図書印刷株式会社

ISBN978-4-286-25155-4